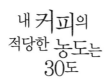

내 커피의
적당한 농도는
30도

※ 짝수면의 제목은 편집디자인을 위하여
   왼편부터 우측으로 배치하였습니다.

내 커피의 적당한 농도는 30도

손병걸 산문집

초판인쇄 | 2021년 12월 10일
초판발행 | 2021년 12월 15일
2쇄발행 | 2022년 05월 30일

지 은 이 | 손병걸
디 자 인 | 조민지
펴 낸 이 | 배재경
펴 낸 곳 | 도서출판 작가마을
등   록 | 제 2002-000012호
주   소 | 부산광역시 중구 대청로 141번길 15-1 대륙빌딩 301호
          T. 051-248-4145, 2598   F. 051-248-0723   E. seepoet@hanmail.net

ISBN 979-11-5606-184-7 3810   정가 10,000원

내 커피의
적당한 농도는
30도

손병걸 산문집

도서출판
작가마을

작가의 말

　나는 거울을 보지 않는다. 아니, 볼 수 없다는 말이 맞겠다. 어찌어찌 살다가 시력을 잃었다. 그 이유 탓에 눈이 보일 때 겪은 장면들을 자주 떠올리곤 한다. 그때마다 영화 속에 그려진 아름다운 그림처럼 느껴진다. 그러나 문장으로 꾸려보면 그렇지가 않다. 소중했던 이야기가 제대로 표현되지 않는다. 본 산문집을 정리하며 확실히 깨달았다. 세상에 내어놓은 여러 권의 시집도 마찬가지이다. 죄다 정황 전달이 미숙한 문장들 때문에 신변잡기가 되어 버렸다. 새삼 독자들에게 미안하고 부끄럽다. 그러나 어찌하랴! 이것이 속일 수 없는 나의 실체이고 내 삶이다. 흰 지팡이를 펴고 울퉁불퉁한 길을 걸어온 지 스무 해가 넘었다.

　가끔 불안했고 지칠 때도 있었다. 그때마다 나는 내 걸음

이 다시 걸어 나갈 수 있는 원초적 힘을 생각했다.

　등단 초기부터였다. 내 작품을 본 사람들은 이구동성 말했다. 남들과 다른 지점이 읽힌다고 말했다. 그 인사치레에 나는 과하게 으쓱했다. 그것이 내가 살아낼 수 있는 힘이었다. 여전히 부족한 나의 실체를 안다. 그러나 조금은 더 뻔뻔해지고 싶다. 그 버릇이 어디 가랴. 내가 겪은 소중한 이야기들을 고스란히 담지 못한 산문집을 또 세상에 내어 놓는다. 변명이 될 수 있겠지만 어차피 완벽은 없다. 대단한 결과를 꿈꾸지 않는다. 문장 위를 뒤뚱뒤뚱 걸을 뿐이다. 힘이 다 하는 날까지 멈춤 없이 걸을 뿐이다. 주어진 삶을 살아낼 뿐이다.

2021년 11월

손병걸

차례

작가의 말 __ 04

1부

에어 포켓 그리고 알파 __ 011

고기 한 판과 인천항 __ 018

뉴스 이후 __ 028

사람을 찾습니다 __ 037

물마중 민박집 __ 042

비질 소리 __ 047

2부

반시각 패권주의자 ― 053

검은 모니터의 그림 ― 057

한몸 ― 063

내 커피의 적당한 농도는 30도 ― 068

시각장애인 라면 요리법 ― 072

말 약도 ― 077

깨진 커피 잔 ― 081

제자리 ― 086

불편의 힘 ― 090

끊어진 길 ― 095

10센티미터의 낭떠러지 ― 100

3부

쌀 ― 105

솔잎차를 마시며 ― 108

제비뽑기 ― 113

시인의 특혜 ― 120

해 ― 125

삼막골 그 산기슭 양철지붕 집 한 채 ― 129

이발리즘 ― 135

김매기 ― 141

벽돌 공장 ― 146

차례

4부

해돋이 — 155

부침개의 내력 — 160

대화 — 166

사소한 자랑 — 109

종아리 — 173

쥐구멍 — 176

치약 뚜껑 — 181

새 달력을 걸며 — 184

작은 촛불들 — 190

붕어빵 살리기 — 195

이미 효도를 다 했습니다 — 197

5부

다시 한 번 노래의 고삐를 쥐며 — 205

그날까지 멈춤 없는 우리의 노래를 — 211

동시는 그냥 동시 — 217

생명 순환의 알레고리 그 등불 하나를 켜며 — 221

매시간 현 존재를 사는 우리의 긴 여정 — 226

중심을 향한 또 하나의 숭고한 중심 — 234

에어 포켓 그리고 알파
고기 한 판과 인천항
뉴스 이후
사람을 찾습니다.
물마중 민박집
비질 소리

1

우리의 일 년은 365번의 해가 뜬다. 달력의 숫자만큼 어김없이 뜬다. 때로는 뽀얀 분칠을 하듯 구름 너머로 수줍게 뜬다. 그러다가도 몽땅 익혀버리겠다는 듯 짱짱한 허공에 벌겋게 뜬다. 어느 날은 너무 빨리 뜨고 어느 날은 늦게 뜬다. 눈을 뜨고 있어도 뜬다. 눈을 감고 있어도 뜬다. 태양을 중심으로 지구는 돈다. 그 사이 하루가 열리고 닫히고 다시 열린다. 무한히 거듭한다. 그 어떤 하루가 누군들 고귀하지 않을까? 그런데 그 하루가 달력에서 지워진 사람이 있다. 1년이 364일인 사람이 있다. 분명히 있으나 하루가 없는 사람이 있다. 그날이 있어서 확실히 있어서 오히려 없는 사람이 있다. 어느 날 느닷없이 눈앞에서 하루를 잃어버린 사람이 있다. 그 사람 달력에 없는 하루가 내일 년을 통째로 흔든다. 그 사람이 잃어버린 하루가 나를 자꾸만 돌아보게 만든다. 빼앗긴 그 사람의 하루가 거푸 나를 미안하게 만든다. 슬프게 만든다. 아프게 만든다.

아침부터 나는 여의도 63빌딩을 향했다. 한 달 전에 확

정된 강연 때문이었다. 인천에서 출발할 때 라디오에서 흘러나왔다.

　－ 제주를 향하던 배 한 척이 사고가 났다고…,

　－ 오늘 새벽 인천 연안부두를 출발했다고…,

　－ 진도 앞바다에서 배가 기울고 있다고…,

　짧은 뉴스 속보 뒤에 라디오에서는 음악이 흘러나왔고 승용차는 목동을 지나 국회의사당을 지나 방송국들을 지나 유람선이 물살을 가르고 있는 한강이 내려다보이는 63빌딩에 도착했고 아나운서는 이렇게 말했다.

　－ 제주도 수학여행을 떠난 학생들이 타고 있었고…,

　－ 탑승객 300여 명 모두 무사히 구조했다고…,

　나는 그제야 안도했고 나는 즐겁게 강연했고 나는 두 시간을 무사히 넘겼고 나는 맛있는 점심을 먹었고 볕 좋은 오후가 되었고 일정은 다시 이어졌고 나는 모든 행사를 다 치렀고 나는 주최 측과 헤어져 인천으로 출발했고 나는 다시 라디오를 들었다. 그런데 이상했다. 정말 이상했다. 아침 뉴스는 그랬다. 어이없는 뉴스였다. 틀린 뉴스였다. 무책임한 뉴스였다. 아니, 뉴스는 거짓말이었다. 범죄였다. 뉴스는 뉴스끼리 충돌했다. 널을 뛰고 있었다. 언론은 허둥지둥 좌초되고 있었다. 해경은 구조 중이라고 했다. 해군, 공군이 출동했다고 했다. 항공모함도 대기 중이라고 했다. 아침 뉴스와 다른 내용이었다. 뉴스는 자기가 한 말을 자기가 뭉개고 있었다. 집으로 돌아와 뉴스를 계속 들었다. 눈을 뗄 수 없었다. 끼니를 이을 수 없었다. 수십 대의 헬기가 떴고 수백 발의 조명탄이 터졌고 UDT 요원이

투입되었고 민간잠수사도, 해병들도 구조 중이라고 했다. 군사 작전을 방불케 한다고 했다. 그때까지 나는 그 바다에서 무슨 일이 일어나고 있는지 알 수 없었다. 아침부터 밤늦게까지 들은 뉴스를 믿을 뿐이었다. 그래서 더 슬펐고 아팠고 답답했고 무기력했고 무엇보다 그게 전부이어서 간절히 기도했고 기다리고 또 기다렸다.

기다림이 분노로 바뀐 건 다음 날 아침부터였다. 그날 아침, 내가 생전 처음 듣고 알게 된 단어가 있다. 바로 '에어 포켓' 이 단어가 얼마나 아픈 단어인지 얼마나 숨통을 조여올 단어인지 나는 몰랐다. 살면서 군이 알 필요가 없었다. 지극히 몰라도 되었을 그 단어가 끝내 목을 죄는 트라우마가 되었다. 샤워기 밑에서 물줄기를 맞을 수 없었다. 숨이 막혀 오는 공포가 밀려왔다. 그날부터 나는 수시로 눈물을 흘렸다. 진상규명에 적극적으로 동참했다. 여러 현장에 연대했다. 특별법 촉진 문화제 공연도 했다. 그리고 시간이 흘렀다. 그냥, 시간이 많이 흘렀다. 진상은 밝혀지지 않았다. 더디게 아주 더디게 희망이 아른거렸다. 그리고 다시 시간이 흘렀다. 시간만 흘렀다. 여전히 진상규명은 진행형이다. 그러나 내 트라우마는 서서히 사그라들었다. 물줄기 아래에서도 괜찮을 만큼 사그라들었다. 울지 않을 만큼 사그라들었다. 허공 속에서 빠르게 터지는 비눗방울처럼 내 공포도 사그라들었다. 그런데 오늘 다시 만났다. 알파 그 사람의 364일짜리 달력을 만났다. 그날이 지워져서 더욱 선명한 그 날을 다시 만났다.

알파가 머무는 곳은 제주를 향해 출항한 배가 떠난 연안 부두 옆이다. 해안선 그 바다는 하루에 두 번 밀물이었다가 썰물이 되는 곳이다. 밀물이 먼저인지 썰물이 먼저인지 나는 모른다. 알파가 거기 있고 나는 언제나 맨몸으로 그곳에 간다. 정신이 흐려지는 날은 더 그리워서 간다. 그곳은 서해를 품을 듯 커다란 대문이 있다. 그 커다란 대문에는 얼추 28년째 이런 글씨가 새겨져 있다.

'알파잠수기술공사'

대문을 열고 들어가면 사무실이 있고, 다이빙 훈련장을 지나면 넓은 잔디마당이 나온다. 그 마당 끝에는 만조 때 바닷물이 철썩이는 축대가 보인다. 제법 높은 축대 때문에 난간과 철망이 설치되어 있고 축대의 한쪽에 언제든 출동할 수 있는 배가 정박해 있다. 나는 알파가 나를 위해 고압선 케이블을 감던 둥근 나무틀을 낚시 테이블로 만들어 놓은 축대 위 난간에서 낚시를 던진다. 망둥이가 잡히면 릴을 빠르게 감는다. 갯지렁이를 바늘에 다시 낀다. 밀물이 썰물이 되어 갯벌이 드러날 때쯤, 나는 잠수사들이 가드라인을 잡고 물 밖으로 나오듯 잔디마당을 가로지른 팽팽한 밧줄을 잡는다. 알파가 눈이 안 보이는 나를 위해 묶어놓은 그 밧줄을 따라가다 보면 내가 쉴 휴게실이다. 언제부터인가 마음이 얼토당토않은 날이면 찾는 내 공간이다. 그 공간에 가득한 서해의 해풍이 알파가 일생을 호흡한 숨소리다. 망망한 바다에서 SOS가 날아오면 알파는 출동한다. 몹시 춥던 그 날도 배는 좌초되었고 알파는 빠르게 현장을 향했다. 물살은 빨랐고 바다는 어두웠다. 장비도 부족했다. 밤새 다행히 몇몇이 구조되었다. 그러나 실종자 한 명을 찾지 못했다. 해경이 단독 구조로 하루를 보낸 뒤 알파를 부른 터였다. 알파는 뒤늦게 연락 받은 것을 안타까워했다. 그래도 실종자를 구해야 했다. 알파는 조류가 심한 바다로 뛰어들었다. 배는 뒤집어져 있었다. 바닷속 배 밑은 캄캄했다. 좌초되며 부서진 잔해들이 가득했다. 그런데 뒤집힌 배 속에 공기주머니, 바로 그 '에어 포켓'이 형성되어 있었다. 알파는 랜턴으로 여기저기를 비췄다. 순간, 알파는 가슴이 덜컥했다. 목만 물 밖으로 내민 채 실종자가 거기 있었다. 얼굴은 좌초 때 잔해에 맞아서 코가 뭉개져 있었다. 실종자는 혼이 나간 것 같았다. 동공이 풀린 상태였다. 알파는 얼른 말을 걸었다. 알파의 질문에 반응이 없었다. 와중에 자기 나이가 일흔이라고 했다. 그 중얼거림을 들은 알파의 머리에 불빛 한 가닥이 반짝 켜졌다.

"손주 있어요?" "보고 싶지 않아요?"

그제야 실종자는 정신이 잠시 돌아온 것 같았다. 심하게 고개를 끄덕이며 눈에 힘을 주었다. 알파는 침착하게 실종자에게 말했다. 내가 손주 보게 해줄 테니까 잠깐만 기다리세요. 장비 가지고 올 테니까 기다리세요.

바닷물 위에 있던 해경 구조대가 갑자기 바빠졌다 장비를 가지고 들어간 알파는 실종자에게 산소마스크를 착용해 주고 마우스를 입에 물게 했다. 입으로만 숨을 쉬어라. 절대 코로 숨 쉬면 안 된다. 몸에 힘을 빼라 내가 뒤에서 밀어주겠다. 그러나 부유물들은 탈출구를 막고 있었다. 실종자는 기진해 있었다. 문을 막고 있는 냉장고를 실종자는 감당할 수 없었다. 알파의 빠른 판단이 필요했다. 알파는 실종자 머리를 물속으로 힘차게 밀어 넣고 두 발로 실종자를 밀어붙였다. 실종자가 문을 빠져나오자마자 알파는 실종자의 허리춤을 잡고 온 힘을 다해 오리발을 저었다. 끝내 숨비소리를 내듯 수면 위로 두 사람이 떠올랐다. 해경들은 재빨리 실종자를 건져 올렸다. 이내 알파도 배 위로 올랐다. 실종자는 무려 72시간 끝에 구조되었다. '에어 포켓' 그 공기주머니가 세상 밖으로 실종자를 떠오르게 했다. 그 고깃배에 존재한 공기주머니보다 비교할 수 없을 만큼 큰 배가, 몇 배는 더 큰 배가, 한참을 떠 있던 그 배가 아이들을, 그 많은 아이들을 삼켰다. 손전화기 벨이 SOS를 보낼 때 국가안전 시스템은 고장이 나 있었다. 꺼져 있었다. 좀처럼 수리의 속도를 내지도 않았다. 켜지지도 않았다. 그 시간에 공기주머니는 부력을 잃어갔다.

알파는 다이빙벨의 종을 울리며 달려갔다. 아이들아 일흔 살이 넘은 실종자도 일흔 두 시간을 견뎠다. 기다려라. 힘내라. 버텨라. 제발 기다리고 있어라. 그러나 관료들은 다이빙벨의 종소리가 울리기를 바라지 않았다. 대놓고 자유로운 활동을 막아 버렸다. 결국 다이빙벨을 쫓아 버렸다. 알파도 끝내 눈물을 뚝, 뚝, 흘리며 쫓겨나왔다. 그날부터였다. 알파의 달력에는 그날이 없다. 그 큰 에어 포켓에 가득했던 아이들의 절규가 물거품을 일으키던 그 날이 없다. 아이들의 목소리가 터지듯 물거품들이 허공 속으로 사라진 그 날이 없다. 그러나 없는 그날이 오히려 더 많은

날들로 있다. 지워져서 없는 달력에 모든 날들이 다 그날
이 되어 버렸다.

고 인
기 천
한 항
판
과

1. 인천항

내가 살던 그곳은 만월산 아래 빌라촌이었다. 빌라 현관
을 내려서면 경사가 심한 골목길이 나왔다. 그 골목을 비
척비척 내려오면 소방도로가 있었다. 그 길은 차들이 마주
하면 꼼짝없이 한 대가 후진해야 했다. 가뜩이나 비좁은
도로였고 빈틈없이 주차한 차들 때문이었다. 그 소방도로
양쪽으로 가게들이 도열하듯 있었다. 한때는 모 전문대학
교가 만월산 밑에 있었다. 가게들은 큰 호황을 누리지는
않았으나 그런대로 매출이 올랐다. 그러나 그 학교가 이전
을 했다. 든 자리와 난 자리의 차이랄까? 당연히 가게들은
매출이 떨어졌다. 그 도로 중간쯤에 있는 '인천항'도 마찬
가지였다. 떨어진 매출을 염려하듯 나는 그 횟집을 부지런
히 드나들었다. 막회 한 접시와 소주 한 병 마시면 만 원이
었다.

가게 주인은 이웃이었고 나와 친한 동생이었다. 사장이라는 호칭보다는 내가 이름을 불러주기를 원한 그 친구는 한겨울에도 반소매를 입고 장사했다. 참 열이 많은 청년이었다. 눈이 쌓여 골목길을 내려가기가 버거운 날에는 눈이 불편한 나를 위해 집으로 배달도 해 주었다. 물론 배달을 하는 집이 아니었다. 배달을 할 수도 없는 노릇이었다. 혼자 주방을 돌보고 혼자 테이블을 돌봐야 하는 작은 횟집이었다. 평소 말이 그리 많지 않았으나 내게는 잘 웃었다. 먼저 말도 많이 걸었다. 늦은 시각이나 영업시간이 끝날 무렵이면 나와 술잔을 나누기도 했다. 그런데 그날은 영업시간도 한참 남았는데 내 앞에 앉더니만 소주잔을 내밀었다. 한 잔 마시고 싶다는 것이었다.

그 친구는 평소에 함께 소주잔을 비워도 그리 많이 마시지는 않았다. 고작 반병이나 마셨을까? 원래 술을 잘 못 마시는 체질이었다. 술이야 내가 마시면 될 일이었다. 역시 그날도 그 친구는 부딪힌 잔을 내려놓고 다시 부딪히고 내려놓기를 반복했다. 그러나 작정한 듯 쏟아놓는 이야기들이 풍성했다. 충청도 억양도 재미있었다. 횟집은 처음 하는 장사이고 결혼은 생각이 없고 연애는 좀 해봤고 운동은 축구가 좋고 새벽까지 가게를 하고 직장 생활은 다시 하기 싫고 매출은 고만고만하고 나오라는 조기축구는 못 나가고 늘 피곤하고 수족관 관리는 쉽지 않고 포 뜨는 기술은 프로가 됐고 그 외도 이렇다는 둥 저렇다는 둥 내가 묻지도 않은 이야기들을 주저리주저리 풀어 놓다가 횟집에 대해 많이 배운 것 같아서 가게를 넓힐 것이라고 했다. 직원도 몇 쓸 것이라고 했다. 조금만 기다리라고 했다. 형님은 내가 가장 존경하는 시인이니까 꼭 제대로 한 번 모시겠다고 했다. 그런데 그 말을 한 지 한 달도 안 된 어느 날이었다.

그 친구가 자살했다. 믿을 수 없었다. 어제까지 내 앞에서 웃던 친구였다. 너무 큰 충격이었다. 자살의 이유는 정확히 알 수 없었다. 어떻게 누가 연락을 했을까? 그 친구의 형제들이 급히 달려왔다. 아내가 있는 것도 아니고 자식이 있는 것도 아니었다. 혼자 사는 총각이었다. 동네 사람들이 그 친구의 형제를 도와 승화원에서 화장했다. 작은 상자에 담긴 유골은 고향 충청도로 향했다. 간판은 한참 동안 그냥 걸려 있었다. 가게가 비면 간판이 빨리 바뀌던 예전의 풍경이 아니었다. 그 친구의 자살을 모르던 동네 사람들이 모두 알게 될 만큼 긴 시간 동안 간판은 내려오지 않았다. 건물주가 매물로 가게를 다시 내어놓았지만 부동산에서도 신경을 쓰지 않는 것 같았다. 가게는 당연히 세입자를 구하지도 팔리지도 않았다. 그 친구가 자살한 곳이라는 소문만큼 가게 안에는 물건들이 어지러이 널브러져 있는 상태였다. 수족관에는 염분이 말라비틀어져 등고선이 그어져 있었고 산소를 공급하던 기계가 고무호스 끝에 대롱대롱 매달려 있었다.

한순간 내 앞에서 사라진 그 친구는 한동안 나를 매우 혼돈 속으로 몰아갔다. 가게를 넓힌다더니 그 말은 왜 했을까? 어차피 죽을 거라면 계획은 왜 세운 것일까? 나를 잘 모시겠다는 말을 왜 했을까? 가게 뒤란에서 음독한 CCTV 자료도 있었고 약물도 검출되었다 하고 경찰도 현장을 다녀갔었고 명백한 자살이 맞았다. 그러나 자살 이유를 알 수 없는 사람들의 이야기가 동네를 떠돌았다. 여자가 있었다, 은행 빚이 많았다, 월세가 많이 밀렸다, 사채를 썼다, 협박을 받았다, 열이 많은 이유가 그 때문이었다는 말까지 돌았다. 그러나 그 어떤 말도 검증된 바가 없었다. 나는 소문 따위에는 관심이 없었다. 갑자기 그 친구가 내 앞에서 죽음이라는 형식으로 사라졌고 그 어떤 방법으로도 다시 만날 수 없다는 사실이 더 아팠다. 고향으로 돌아가는 날 형제들이 내게 그 친구가 심한 우울증을 앓은 적이 있었다고 했다. 그 심한 우울증이 전염된 것일까? 내게 남겨준 그 친구의 마지막 선물이었을까? 삶과 죽음이 하루에도 몇 번씩 나를 혼돈 속으로 몰아갔다. 초청 강연을 하러 가도 내 입과 머리가 분리되는 것 같았다. 청탁받은 원고도 편안히 쓰던 글쓰기도 진도가 나가질 않았다. 식욕도 잃고 말았다. 어지럼증도 앓았다. 지병이 생기고 말았다.

2. 고기 한 판

그 친구가 떠난 뒤 심신이 혼돈을 겪고 있을 때였다. '인천항'처럼 단골이었던 '고기 한판'에 자주 들렀다. '인천항'

은 소방도로 중간쯤이었고 '고기 한 판'은 큰 길이 맞닿은 끝 지점에 있었다. 큰 도로가 있었던 탓일까? 비교적 가까이 은행들도 있었고 병원들도 있었고 큰 호텔들도 있었고 버스 정류장도 있었고 그 덕분에 지나는 사람들도 많았고 가게도 '인천항'보다 조금 넓은 이유 때문에 '고기 한판'에는 늘 손님이 많았다. 테이블이 한 열 개 남짓이었고 횟집 겸 숯불갈비 집이기도 했다. 부부는 열심히 일했다. 그 소방도로 양쪽에 도열한 가게 중에서 단연 매출이 선두였다. 나날이 번성했다. 내가 가면 무엇 하나라도 더 주려고 신경을 써 주었다. 가끔 '인천항' 그 동생에 관해 이야기를 나눌 때는 서로 눈물을 훔치기도 했다. 시간이 약이라던가? 자주 '고기 한 판' 그 형과 '인천항' 동생 이야기를 나누며 위로가 되었다. 나도 차츰차츰 생활이 안정을 찾았다. 다시금 글쓰기와 강연도 활발해졌다. 그런데 '고기 한 판' 그 형에게 큰일이 터졌다. 그야말로 청천벽력 같은 일이 터지고 말았다.

2014년 4월 16일 하나밖에 없는 아들이 죽었단다. 아르바이트하러 갔던 아들이 죽었단다. 다른 아르바이트보다 임금이 높다고 자랑하며 집을 나섰던 아들이 죽었단다. 진도 앞바다에서 가라앉은 배 속에서 죽었단다. 며칠 동안 가라앉은 배에 대한 뉴스를 볼 때도 전혀 몰랐다. 형의 아들이 거기 타고 있었다는 것을 상상도 못 했다. 어떻게 상상할 수 있겠는가? 그 애는 고등학생도 아니었다. 배와는 전혀 다른 전공이었다. 아르바이트는 자기 집 가게 일 돕기도 바쁜 스무 살짜리 아이였다. 그런데 왜 그 배를 탔을까? 나중에 알았다. 이종사촌이 승무원이었단다. 사촌형 소개로 두어 달째 아르바이트하고 있었단다. 그 이유를 알아서 무슨 소용이 있을까? 아들은 죽었고 아르바이트를 위해 배를 탄 4명의 사망자 명단에 선명하게 적혀 있었다. 그날 이후, '고기 한 판'도 '인천항'처럼 가게 문이 굳게 닫혔다. 수족관도 말라비틀어진 채 '인천항' 수족관을 닮아갔다.

내가 단골로 다니던 두 횟집이 문을 닫았다. 아니, 졸지에 우리 동네 횟집이 다 닫혀버렸다. 그랬다. 두 가게 앞에 있던 수족관은 돌아오지 않는 주인을 잃은 채 다시는 공기방울을 뿜지 못했다. '고기 한 판'은 동네 사람들이 장례식도 못 간 '인천항'과 조금 다른 점이 있었다. 굳게 닫힌 가게 문에 포스트잇 한 장이 붙었다.

"무사히 돌아오길 기도하고 있습니다."

그 한 장의 포스트잇이 두 장이 되고 서너 장이 되더니 점점 포스트잇이 늘어났다. 끝내 포스트잇이 가게 정면 가득 붙었을 때쯤이었다. 인천 가천대 길병원 장례식장에 빈소가 차려졌다. 바닷속에서 14일 만에 아들이 싸늘한 시신이 되어 돌아왔다, 이종사촌형도, 함께 아르바이트한 친구도 싸늘한 시신이 되어 돌아왔다.

4월 16일 이후 나는 세월호 관련 연대 활동 중이었다. 집에서 가만히 있을 수 없었다. 작가회의 회원으로 4월 29

일도 아침부터 안산에 있었고 이웃에게 전화 한 통을 받았다. 그제야 나는 형의 아들에 대한 내막을 속속들이 알게되었다. 충격이 이만저만이 아니었다. 아이가 시신이 되어돌아온 그다음 날, 4월 30일 늦은 저녁 나는 이웃과 빈소를 찾았다. 아무 말도 못 했다. 슬픔이 어디까지 더 슬퍼질수 있을까? 오늘이 바로 아들 생일이라며 울먹이는 형 손을 두 손으로 꼭 잡았다. 내 뒤로도 조문은 길게 이어졌다. 함께 간 동네 이웃과 조용히 소주 한 병을 빠르게 비웠다. 그 어떤 장례식장에서도 느끼지 못한 무거운 침묵을 견디기 힘들었다. 나와 동네 이웃은 조용히 장례식장을 빠져나왔다. 잠시 뒤 동네 입구에 들어서자마자 불 꺼진 '고기 한판' 간판 아래를 지나갈 때였다. 가게 문과 통유리창에 종전과 다른 내용의 포스트잇이 빈틈없이 붙어 있었다.

(고인의 명복을 빕니다… 슬픔에 동참하겠습니다… 부디, 힘내시길 바랍니다… 친구야! 보고 싶다… 부디 좋은곳에서 행복해라… 고인의 영면을 기도하겠습니다… 너무원통하고 분합니다… 진상을 끝까지 규명해야 합니다…함께 하겠습니다… 잊지 않겠습니다…,)

일일이 그 내용을 다 옮길 수 없는 포스트잇들이 저녁 바람에 너풀거리고 있었다. 긴 밤들이 지나고 아침이 다시열리기를 반복하는 동안 형에게는 아무 소식이 없었다. 뉴스에서 인터뷰 기사로만 자주 만났다. 청해진 해운이 아니라 인천시에서 장례비를 제공했고 이유는 아르바이트는직접 고용이 아니라서 보험 대상이 아니었기 때문이었다.

일반피해자 가족협의회는 학생피해자 가족협의회와 함께 진상규명을 요구했다. 부분적으로 의견이 나누어질 때도 있었다. 형은 그때마다 학생피해자 가족과 같은 진상규명 목소리를 높였다. 응원하고 싶었다. 전화를 걸고 싶었다. 그러나 나는 조용히 지속해서 연대하는 길을 택했다. 곳곳에서 단원고 학생들의 영혼을 달래는 행사에 참석했다. 1주기부터 5주기에 이르도록 빠지지 않았다. 그때마다 형 아들도 함께 추모했다. 사고 당일부터 국민이 아파하며 추모한 열기는 너무도 당연한 추모들이었다. 그러나 어디서 출발한 거짓말이었는지 모르겠으나 천박하기 이를 데 없는 말들이 돌았다. 아니, 인간 같지 않은 말들이 돌았다.

"보상금이 얼마다."
"놀러 가다가 죽었다."
"교통사고일 뿐이다."
"애들 죽음을 팔아먹는다."
그야말로 사람이라면 해서는 안 될 막말을 SNS에 퍼 날랐다. 그런 자들을 향해 욕하는 정도로는 화가 풀리지 않았다. 하물며 내가 이런 마음인데 형은 어떨까? 학생들을 보낸 부모님들은 어떨까? 이 악몽 같은 시간이 어서 지나고 형이 동네로 돌아오기를 기다렸다. 그러나 다시는 동네로 돌아오지 않았다. 매스컴에서도 만날 수 없었다. 살아 있으나 살아 있지 않은 사람 같았다. 마치 '인천항' 그 동생처럼 이 세상 사람이 아닌 것 같았다.

3. 이사

내가 드나들던 두 단골 횟집은 끝내 사라졌다. 십 수개 월을 끈질기게 버티며 내려오지 않던 두 간판이 완전히 사라졌다. 그리고 우리 동네 소방도로에는 한참 동안 횟집이 생기지 않았다. 회를 무척 좋아하는 나는 소방도로에서 다시는 회를 먹고 싶지 않았다. 술도 그리 마시고 싶지 않았다. 집에서 읽고 쓰고 읽고 쓰는 동안 생각이 많아졌고 두 권의 시집이 세상에 또 태어났다. 와중에 소방도로에는 경적 소리가 나날이 커졌다. 때로는 서로 안 비키겠다는 운전자들이 주먹다짐을 벌이기도 했다. 급기야 소방도로 양쪽에 불법주차를 강력히 단속한다는 소문이 돌았다. 늘 소문으로 끝나던 소방도로에 소문이 이번에는 소문으로 끝나지 않았다. 불법주차를 한 차들이 우르르 견인차에 끌려갔다. 그러기를 몇 달 만에 소방도로가 깨끗해질 무렵 나는 그 만월산 아래 빌라촌 지하방을 벗어났다.

이제 몇 년이라는 세월도 가고 두 사람이 그리울 때도 있다. 그러나 두 사람 다 연락이 끊어졌다. 물론 형이야 수소문하면 찾을 수 있을 것이다. 그러나 그러고 싶지 않다. 동생도 나도 형도 다 힘든 곳이었다. 어찌어찌 이혼을 하고 임시로 거처를 구한 지하방에서 나는 여유가 없었다. 좋은 모습을 두 사람에게 보여준 적이 거의 없다. 이제 동생은 하늘에서 장가도 가고 횟집도 크게 열고 조기축구도 좀 나가면 좋겠다. 그때 가게를 접고 그곳에서 이사했다는 형도 잘 살았으면 좋겠다. 아, 빌라촌을 떠난 뒤 형과 관련된 소식을 들은 바가 있었다. 아들과 함께 잠든 이종사촌이 의사자로 인정받은 보도를 접했다. 모두 어느 곳이든지 상관없다. 소방도로에서 겪은 아픔이 영원한 아픔이 아니었으면 좋겠다. 그 아픔을 품고서라도 자신의 길을 뚜벅뚜벅 걸어갔으면 좋겠다. 행여 나처럼 뜬금없이 그 길을 찾아가 걷고 그러는 것은 아닐까? 혹시 나와 부딪히면 반갑게 웃으면 좋고 길이 어긋나도 좋고 지금까지 고마운 인연도 참 좋았으니 그저 어디서든 자기 삶을 살아내길 마음속으로 응원하고 싶을 뿐이다.

뉴스 이후

20여 년 전 내게 생긴 버릇이 하나 있다. 뉴스의 이면을 생각하는 버릇이다. 뉴스를 듣다가 잠시 다른 생각만 해도 뉴스는 순식간에 지나가고 만다.

"저 뉴스가 무슨 뉴스지?"

건성건성 듣다가 관심을 가지고 얼른 귀를 기울여도 이미 때는 늦었다. 뉴스 시간은 정해져 있다. 매일 전해야 할 세상 속 뉴스는 왜 그리도 많은가? 방송사마다 추리고 추린 뉴스인 만큼 뉴스 꼭지는 대부분 짧다. 그래서 귀를 기울이고 집중을 해도 모를 내용이 많다. 특히 단신 뉴스는 깜박하면 지나가기 때문에 더욱더 그렇다. 간혹 작정하고 집중하면 뉴스 내용이 완전히 이해된다. 그러나 그게 아니었다. 분명 내가 들은 뉴스인데 다른 사람에게 설명할 때 설명이 잘 안 된다. 원인이 뭘까 생각했다. 결론은 보거나 들은 그 뉴스가 전부가 아니었다. 또한 듣는 것과 말하는 것이 원래부터 다른 감각이었다. 말하는 훈련이 필요했다. 그리고 길든 짧든 뉴스는 표면이었다. 반드시 이면이 있었다. 이면, 바로 거기에 진실과 숱한 이야기가 숨겨져 있었다. 나는 뉴스를 제대로 듣고 알기 위해 방송 · 언론 자료들을 찾아 읽었다. 뉴스의 속성을 간파할 수 있는 강의들도 집중해서 들었다. 뉴스가 어떤 메시지를 중심에 두고 전하는가? 그 핵심을 알 것 같았다. 뉴스는 분명 방송 · 언론사마다 기조를 갖고 있었다. 물론 그렇지 않은 방송 · 언론과 뉴스도 있었다. 아무튼 내가 방송 · 언론에 관심을 둔 이후부터였다. 뉴스 이면의 진실이 살짝 엿보였다. 그 진실이 뉴스로 인해 전해지는가? 만들어진 뉴스의 결과가 진실에 다가섰는가? 나는 그 결과를 확인하는 버릇이 생겼다. 그 어떤 뉴스도 모든 내용을 담을 수 없다. 그것은 명백한 사실이다. 방송 시간이라는 한계 때문이다. 언론도 지면의 한계가 엄연히 존재하기 때문이다. 그러나 한계를 넘지 않으면 방송 · 언론은 존재 가치가 뚝 떨어진다. 스스로 노력하여 극복해야 할 몫이 방송 · 언론에 분명히 있다. 그렇다고 방송 · 언론을 듣지도 보지도 말아야 하는가? 현실적으로 그럴 수 없다. 그래서 나는 뉴스 이면을 살피는 버릇을 버릴 수 없다. 절대 진실을 포기할 수 없다.

2014년 2월경이었다. 서울 송파구 석촌동에 사는 세 모녀가 큰딸의 만성 질환과 어머니의 실직으로 인한 생활고에 시달리다가 "정말 죄송합니다."라는 메모와 함께 갖고 있던 전 재산 70만 원을 집세와 공과금으로 남겨두고 번개탄을 피워 자살한 '세 모녀 자살사건'이 매스컴을 뒤덮은 적이 있다. 사건의 중요성만큼 전국을 강타한 큰 뉴스였다. 국민의 관심이 높으면 늘 그러했듯 당시 정치권은 부산했다.

"국민기초생활보장제도를 바꾸자."

"부양의무자를 폐지하자."

"지급 대상과 금액을 올리자."

"조기 예산을 편성하자"

"시행 시기를 빨리 조절하자"

그때는 그랬다. 여야 모두 관심이 대단히 높았고 연일 쏟아진 뉴스를 들으면 세상이 당장 바뀔 것 같았다. 그러나 한 일주일이었던가? '세 모녀 자살사건'은 다른 뉴스들에 묻혀 매스컴에서 빠르게 사라졌다. 그래도 다행인 것이 워낙 큰 뉴스이어서 우여곡절 끝에 '세 모녀 법'이 국회 본회의를 통과했다는 단신 뉴스가 몇 개월 뒤 전해졌다. 단신 뉴스의 내용은 30대 자녀가 실직 상태였으나 '부양의무자'로 되어 있어서 '국민기초생활보호'를 받지 못했고 그래서 '부양의무자'를 폐지했다는 기사였다. 나는 뉴스 이면에 담긴 진실이 궁금했다. '부양의무자' 폐지 여부를 보건복지부에 물었다. 대답은 황당했다. 자녀의 재산과 수입에 상관없이 폐지되었다는 것. 그러나 그 자녀가 중증장애인이어야 된다는 것. 향후 장애 여부와 상관없이 전 자녀를 대상으로 확대할 계획이라는 것. 나는 통화를 하면서 허탈했다. 어이가 없었다. 아니, 분노했다. 그러면 그렇지. 이게 뭐냐? 정확한 정보를 전달한 뉴스 맞냐? 물론 중증장애인 자녀 때문에 복지 사각지대에 놓인 분들도 있었다. 그러니까 부분 폐지는 맞는 것이어서 뉴스가 아예 틀린 뉴스는 아니었다. 그러나 크게 사회적 문제를 초래한 내용을 해갈해준 법이 '세 모녀 법'이 맞느냐? 아니었다. 그렇게 야단법석을 떨던 '송파 세 모녀 자살사건' 때문에 만들어지고 본회의를 통과한 '세 모녀 법'은 너무나 빈약했다. 그런데도 '세 모녀 법' 통과 단신 뉴스는 '부양의무자' 때문에 생긴 모든 문제가 해결된 것으로 믿을 수 있는 뉴스였다. 뉴스에 의도가 있든 없든 중요한 건 결과적으로 국민의 눈과 귀를 흐린 셈이다.

뉴스에 관심을 가진 사람들 때문에 '세 모녀 법'은 꾸준히 개정을 거쳤다. 2021년 1월 현재 '부양의무자' 사각지대가 많이 사라졌다. '부양의무자' 완전폐지도 몇 년 안에 이루어질 것 같다. 언론의 진실을 추구하는 시민 단체처럼 우리는 관심을 가져야 한다. 매사에 속거나 착각할 수 있는 뉴스는 '세 모녀 법' 뉴스뿐만이 아니다. 여전히 뉴스를 들을 때 액면 그대로 받아들이면 놓칠 수 있는 일들이 많다. 그나마 놓치는 것은 덜 속상한 일이다. 아예 가짜 뉴스에 속는 경우도 많다. 제법 분량이 많은 톱뉴스도 그러한 경우가 있는데 몇 마디에 불과한 짧은 단신 뉴스를 고스란히 받아들이면 어떻겠는가? 나는 매스컴이 주입하는 뉴스를 고스란히 흡수하는 것이 아니라 뉴스의 이면을 확인하는 습관을 더 강화해야 한다고 생각한다. 그것이 세상을 바르게 변화시킬 수단이기 때문이다. 이런 주장을 강력히 펼칠 때마다 지인들은 왜 그런 고집스러움이 생겼느냐고 묻는다. 사실 뉴스를 곧이곧대로 받아들이지 못하는 현실이 서글프기도 하다. 더불어 매사에 확인하고 싶어서 행동하는 것도 그렇고 한국 방송·언론 수준이 세계적으로 높지 않기 때문에 진실을 파고들어야 하는 복잡한 생활사가 귀찮을 때도 있다. 이렇게 말하니까 오해할 것 같은데 나는 방송·언론 개혁 운동가가 아니다. 내가 단신 뉴스라도 그냥 흘려보내지 않는 버릇이 생긴 이유가 있다. 평생 잊을 수 없는 사연이다. 그러니까 바야흐로 20세기가 끝나고 21세기가 열리는 2000년 1월이었다. 나는 그때 모 회사 인천지역 지점장으로 근무 중이었다. 시력을 잃기 전 업무이어서 근무할 수 있었다. 그건 그렇고 새로운 세기를 맞이하여 새로운 기치를 걸고 신입사원을 뽑기 위해 면접을 진행할 때였다. 오전에 지원자들과 면접을 무사히 마치고 오후에 첫 지원자와 마주 앉았다. 면접실 통유리창으로 햇볕이 강렬하게 쏟아졌다. 영하로 뚝 떨어진 기온 때문에 사무실 온풍기 온도도 높았다. 그래서일까? 내 두 눈에 안압이 빠르게 치솟았다. 관자놀이를 바늘로 찌르는 듯했다. 시력을 잃은 지 십 수개월밖에 안 된 시기였고 자주 그런 증상이 있었다. 늘 그러했듯 저절로 귓불에 눈물이 흘렀다. 지원자는 하염없이 흐르는 내 눈물과 새빨개진 두 눈동자 때문에 많이 놀랐는지 떨리는 목소리로 왜 그러시냐고 물었다. 나는 저간의 사정과 나 때문에 가족과 어머니가 고통받은 이야기를 짧게 들려주고 잠시 멈춘 면접을 이어갔다. 그런데 분위기가 이상했다. 내 질문에 면접자는 아무 대답을 하지 않았다. 짧은 침묵 뒤 어느 지점에서 파생한 지 모를 가느다란 흐느낌이 내 앞으로 밀려왔다. 이내 입술을 비집고 나오는 울음소리가 면접실에서 한껏 팽창했다.

한 아이의 엄마가 울고 있다. 입술을 비집고 나오는 슬픔을 억누르며 울고 있다. 툭 툭 끊어지는 이야기를 간신히 이어가며 울고 있다. 어느 사람에게도 털어놓지 못했다는 사연을 풀어놓으며 울고 있다. 금시라도 터질 것 같은 고통을 참으며 울고 있다. 테이블을 움켜쥔 채 울고 있다. 한이 맺힌 울음과 울음 사이에서 파르르 떨리는 목소리가 테이블에 걸친 내 두 손을 거쳐 내 몸속에 빼곡히 고인 슬픔의 침묵과 만난 걸까? 내 귓불에도 억누를 수 없는 눈물이 흐르고 햇볕이 가득한 회의실에 눅눅한 슬픔이 팽창한다. 금시라도 회의실이 터질 것 같다. 그래, 누구나 건드리면 폭발할 것 같은 커다란 눈물 보따리 하나씩은 품고 사는 것. 그 축축한 아픔을 참고 깊은 상처의 흔적을 덮고 오늘을 어제처럼 견디며 사는 것. 그러나 억누르고 억눌러도 터지는 슬픔은 어쩔 수 없는가? 제법 무게가 나가는 테이블이 자꾸만 더 심하게 흔들린다. 그때마다 나는 의식적으로 테이블을 더 힘껏 쥔다. 마구 치솟는 아이 엄마의 슬픔이 조금은 가라앉기를 원하는 마음으로 테이블을 움켜쥔다. 아니다. 깊숙이 감춰둔 세상에 대한 내 분노를 들킬까 봐 테이블을 움켜쥔다. 그러나 눈물은 거침없이 흐르고 내 슬픔이 아이 엄마의 슬픔과 뒤엉킨다. 아슬아슬한 두 사람의 호흡이 면접실에 출렁인다. 그날 지원자의 슬픔이 내 슬픔과 접점을 이룬 사건은 이렇다.

1999년 10월 30일 저녁 7시경이었다. 인천 인현동에 있는 상가건물에서 화재가 발생했다. 10대 청소년들과 손님 52명이 숨졌고 71명이 화상을 입었다. 가을 축제를 마친 많은 청소년이 거기 있었고 불이 나자 없는 비상구와 비상계단을 찾다가 참혹한 일을 맞았다. 화재는 35분 만에 진화되었다. 50여 평 되는 호프집에 120명이 북적였고 테이블 사이 공간은 한 사람만 다닐 수 있을 만큼 비좁았다. 실내 장식도 인화성, 유독성 물질들이라 불의 확산이 순식간이었고 유독가스로 인한 질식사가 상당수였다. 혼비백산 뒤엉키면 나갈 수 없는 좁은 출입구가 하나뿐이었다. 창문이 있었으나 벽을 합판으로 통째 막아버렸다. 이미 대량 인명 피해로 이어질 요인들이 있었다. 호프집은 자주 미성년자 손님을 받았다. 경찰서에 신고도 많았다. 그러나 아무 일이 없었다. 그 이유가 수사에서 드러났다. 경찰과의 유착관계뿐만이 아니라 공무원들에게 바친 뇌물 장부도 드러났다. 호프집은 안전 기준 미달로 적발되었고 영업장 폐쇄 명령을 받은 상태였다. 한마디로 무허가 영업 중이었다. 결국 경찰과 공무원 21명이 구속되고 34명이 기소되었다.

"나 때문에 어머니와 가족이 더 힘들어해요."라는 내 말을 듣고 감정이 터진 아이 엄마의 울음은 두어 달 전 내가 뉴스로 들은 화재 사고 때문이었다. 그러니까 듣고 잠시 안타까워했던, 그러나 관심을 이어가지 않았던 '인천 중구 인현동 호프집 화재사건'이었다. 아이 엄마는 그 사고 속에 딸아이가 있었다고 했다. 전신 화상을 입었다고 했다.

사경을 헤매다 간신히 살아났다고 했다. 고통에 시달리는 아이 모습 때문에 살 수가 없다고 했다. 아이와 함께 죽고 싶다고 했다. 아이도 그렇고 자신도 뭘 어떻게 해야 할지 모르겠다고 했다. 살아갈 일이 막막하다고 했다. 당장 치료비가 너무 많이 든다고 했다. 일해야 해서 이력서를 냈다고 했다. 면접 와서 이런 모습 보여서 죄송하다고 했다. 아이 엄마의 말은 두서가 없었다. 그러나 나는 아무 상관이 없었다. 울음 섞인 아이 엄마 목소리에서 내 엄마의 목소리가 들렸다. 나는 웃자란 가시덤불이 몸속을 후벼대는 것 같았다. 잠시 멈춘 줄 알았던 눈물이 넘쳐흘렀다. 그 많은 면접 경험 중 그토록 버거운 면접은 없었다. 사실 다른 면접보다 면접 시간은 그리 길지 않았다. 그러나 너무도 길게 느껴진 면접이 어찌어찌 끝났다. 나는 그 아이 엄마를 주저 없이 뽑았다. 합격 통지서를 보냈다. 개인감정이 실렸던가? 능력을 보았던가? 정확히 모르겠다. 그러나 중요한 점은 따로 있었다. 그 아이 엄마는 출근하지 않았다. 간혹 안부가 궁금했다. 그래서 혹시나 하고 사건에 따른 후속 기사를 뒤졌다. 그때 화재 원인과 경찰들 그리고 공무원들의 비리를 자세히 알게 되었다. 학생교육문화회관에 위령비가 세워졌다는 것도 알게 되었다. 어느 뉴스든 그랬다. 뉴스를 파고들면 확장된 뉴스를 만났다. 간혹 운수 좋은 날, 뉴스 이면에 숨겨진 기쁨도 만났다. 때로는 많은 부분 정정이 필요한 뉴스도 만났다. 내가 뉴스 이면을 살피는 버릇이 생긴 건 2000년 1월 그 아이 엄마 때문이었다. 가끔 만나고 싶은데 만날 방법이 없다. 아이 엄마는 아픔을 딛고 잘 살고 있을까? 딸아이는 어찌되었을까? 다행히 마음의 상처를 서로 보듬어주고 있을까? 오래된 내 기도처럼 조금은 평화롭게 조금은 씩씩하게 살고 있을까?

    고등학교에 다닐 때였습니다. 그러니까 그때가 1980년 초반이었고 청소년수련원에서 여름성경학교 캠프를 마치고 집으로 돌아가는 날이었습니다. 횡성군 용평리에 있는 수련원을 빠져나온 시내버스가 직행버스 터미널에 도착했습니다. 그런데 그날따라 직행버스 터미널이 평소와 매우 달랐습니다. 늘 한적한 직행버스 터미널이었는데 꼭 무슨 일이 일어난 것처럼 작은 터미널에 사람들이 대단히 많았습니다. 결국 내가 타야 할 표를 살 수가 없었습니다. 어쩔 수 없이 늦은 오후에 출발하는 표를 끊고 직행버스 터미널에서 탑승 시간을 기다렸습니다. 버스가 오려면 시간이 한참 남은 터라 나는 등에 멘 가방에서 노트 한 권을 꺼냈습니다. 이내 여름성경학교 책자를 만들려고 일주일 동안 캠프장에서 메모한 내용을 읽었습니다. 촘촘한 프로그램을 따르다가 보니 메모들은 짧게 적을 수밖에 없었습니다. 이때가 기회다 싶어 세밀하게 기록해두어야겠다고 생각하니 일주일 동안 있었던 장면들이 파노라마처럼 펼쳐졌습니다. 나는 그 장면들이 순식간에 사라질까 봐 볼펜을 쥐고 내가 적은 노트 안 문장들 속으로 빨려 들어갔습니다. 사람들이 빼곡히 앉은 터미널 의자 틈에 앉은 채 나는 글쓰기에 몰입했습니다. 그렇게 멀게 생각했던 탑승 시간이 금세 흘러갔고 강릉행 버스 시간을 알리는 방송이 들렸습니다. 나는 후다닥 노트를 접고 버스에 올랐습니다.

터미널을 출발하여 삼양목장을 지나 어느새 대관령 굽잇길을 내려갈 때였습니다. 아, 터널이 뚫려 굽잇길이 없는 지금의 고속도로가 아닙니다. 지금은 차량 통행이 잦지 않고 옛길로 남은 아흔아홉 굽잇길 그 대관령 길이었습니다. 직행버스가 굽잇길을 돌 때마다 균형을 잃은 몸이 한쪽으로 기울어졌습니다. 그때마다 벙거지를 푹 눌러 쓴 옆자리 남자와 어깨를 부딪쳤습니다. 몇 번의 부딪힘이 있은 다음 그 남자는 무릎 위에 올려놓은 내 노트를 보고 말문을 열었습니다.

"몇 학년이니?"

나는 2학년이라고 대답했습니다.

"이름은 뭐니?"

공손한 내 대답만큼 질문이 대관령 굽잇길을 돌 때마다 밀려왔습니다. 무슨 질문과 대답이 오갔는지 기억이 분명하지 않습니다. 다만 속이 울렁거리고 머리가 어지러웠던 기억은 분명합니다. 굽잇길을 한 시간쯤 달려 버스에서 내렸을 때였습니다.

그 남자는 내 팔을 잡고 나를 이끌었습니다. 나는 반항

할 틈도 없이 끌려갔습니다. 이내 강릉 직행버스터미널 근처 재래시장 막걸릿집에 그 남자와 함께 앉았습니다. 긴장한 내 표정과는 달리 그 남자의 얼굴은 온화한 표정이었습니다. 얼떨결에 마신 막걸리 몇 잔에 내 얼굴이 이내 붉어졌습니다. 그 남자는 얼굴색 하나 변하지 않았습니다. 나는 할 말도 없고 빨리 자리를 벗어나고 싶었습니다. 당연히 말을 하지 않았습니다. 잠깐 침묵이 흐르자 그 남자는 대관령 굽이마다 절벽을 기어오르는 소나무를 말했습니다. 대관령 그 깊은 계곡을 빠져나오는 웅장한 바람을 말했습니다. 그러다가 갑자기 주먹을 불끈 쥐고 크게 말했습니다.

"살인마 전두환…"

나는 깜짝 놀랐습니다. 주변을 얼른 살폈습니다. 오래 앉아 있다가는 큰일 날 것 같았습니다. 그러나 좀처럼 일어나야겠다고 말을 하지 못했습니다. 표현할 수 없는 압박감이 밀려왔습니다. 그 남자는 아랑곳 하지 않았습니다. 장광설을 풀어놓았습니다. 나는 막걸리 탓인지 소변이 급해졌습니다. 나는 화장실을 말했습니다. 그 순간 남자의 결연한 얼굴이 잠깐 풀렸습니다. 나는 기회를 놓치지 않고 말했습니다.

"빨리 집에 가야 해요."

그러나 내 목소리는 매우 작았습니다. 잠깐 정적이 흐르고 그 남자는 빙그레 웃으며 내 노트를 잠시 달라고 했습니다. 품속에서 만년필을 꺼낸 그 남자는 내 노트 뒷장 안쪽 면에 이렇게 적어 주었습니다.

고독하다

아직도 남아 있는 삶을

철저히 사랑하기에…

　그 남자 마음의 고백이었는지 내 삶을 예견한 것인지는 모르겠으나, 석 줄짜리 문장은 내 삶을 줄기차게 따라다녔습니다. 참으로 집요하게 내 일상을 파고들었습니다. 결국 그 남자가 적어준 세 줄짜리 문장과 내 삶은 점점 닮아갔습니다. 빼도 박도 못하게 주술처럼 딱 맞은 때가 많았습니다. 언제나 중요하고 정확해서 귀찮은 증명이었습니다. 그러나 고마운 증명이었습니다. 지천명을 넘긴 지금도 긍정적 증명을 멈추지 않고 있습니다. 그날 만난 그 남자의 얼굴과 표정을 잊을 수 없습니다. 굵직한 그 목소리가 생생합니다. 한때는 생각했습니다.

　그 남자는 사회 부적응자였을까?

　세상을 떠돌던 방랑자였을까?

　수배 중인 민주투사였을까?

　운동권 대학생이었을까?

　젊게 보인 시인이었을까?

　그러나 그날 이후 한 번도 만난 적이 없으니 알 길이 없었습니다. 그러나 내게 분명한 신분 하나가 있었습니다. 그 남자는 내 청춘의 혁명가였습니다. 그 남자가 내게 들려주고 싶었던 그 장광설처럼 하고 싶은 말이 많던 나는 어찌어찌 시인이 되었습니다. 오늘에 이르도록 나를 철저히 사랑한다는 것은 지독한 외로움이 맞았습니다. 징징거리고 싶어도 속앓이 해야 할 침묵이 삶이었습니다. 피하려고 아무리 애를 썼지만 매 순간 맞닥뜨린 사람에 대해 아프고도 아픈 연민이 삶이었습니다. 다시금 그 남자의 얼굴을 떠올려 봅니다. 그 남자는 분명 복학생 나이 정도였습니다. 그런데 나는 왜 그 남자가 그토록 두려웠고 내가 한참 더 어리다고 생각했을까요. 돌이켜 따지고 보면 몇 살 차이 형이었습니다. 아무래도 그 남자의 장광설 때문이었던 것 같습니다. 특히 노동해방, 부정부패, 독재타도 등이 그러했습니다. 아, 그랬습니다. 내가 벌벌 떨 수밖에 없었던 결정적인 외침 "살인마! 전두환…"이라는 그 결연함을 보면 그 형은 분명 시인이었습니다. 틀림없이 시인이 맞습니다. 나는 그렇게 믿습니다. 막걸릿집에서 헤어질 때 차비를 내 주머니에 푹 찔러 주던 그 형은 냉철한 정신과 마음이 따뜻한 시인이었습니다. 언제나 내 삶의 이정표이었던 형, 고맙습니다. 너무 늦었습니다. 이제 와 형을 찾습니다. 많이 늦었습니다. 지나간 시간만큼 할 말이 많습니다. 막걸릿잔을 앞에 놓고 그날 나눈 이야기 다시 나누고 싶습니다. 그때나 지금이나 세상은 무엇이 달라졌을까요? 이 말이 형에 대한 내 자격지심일까요? 그리움이 커서 너무 비관적인가요? 무엇이 되었건 막걸리 한 잔 나누고 싶습니다. 내 오랜 고독의 주체 당신은 사랑하는 니의 형입니다.

유례없이 치솟은 수은주가 도무지 떨어질 기세가 아니
다. 숨을 쉬기가 버거운 열대야가 연일 이어진다. 사람들
이 밤잠을 이루지 못한다는 뉴스도 반복 중이다. 비단 올
해뿐만이 아닐 것이다. 지구가 뜨거워지고 있다. 다 인간
들이 만든 재앙이다. 달궈진 마음의 온도를 가라앉혀야 한
다. 어디부터 어느 곳부터 따지는 그 우선순위는 의미가
없다. 동맥경화에 시달리는 지구를 위해 동시다발로 욕망
을 줄여야 한다. 사소한 쓰레기 문제부터 환경을 위해 행
동해야 한다. 내 말이 맞지 않느냐? 넌 어떻게 생각하느
냐? 쉴 새 없이 말을 쏟아놓던 친구는 내일 이 도시를 빠
져나갈 것이라고 한다. 나는 함께 가자는 친구 말을 흔쾌
히 따르기로 한다.

이른 아침부터 이글거리는 아파트를 벗어난 승용차가
서해안 해수욕장을 향해 달린다. 차창 밖 바람 소리가 시
원하게 들린다. 그러나 햇볕은 피부를 심하게 파고든다.
친구는 햇빛 알레르기 때문에 토시를 차며 말한다. 옛날엔

없었던 알레르기도 가지가지다. 이것도 다 인간들이 만든 재앙이다. 어제부터 친구는 온통 불만이다. 내가 듣든지 말든지 쉴 새 없이 중얼거리던 친구가 해수욕장 주차장에 승용차를 세운다. 어젯밤 치밀하게 세운 계획의 우선순위가 순식간에 바뀐다. 차 문을 닫고 우리는 황급히 바다 쪽으로 향한다. 신발을 벗고 바닷물에 발목을 적신다. 점점 더 안쪽으로 들어간다. 장딴지를 거쳐 허벅지까지 물이 차오른다. 밀물 썰물이 하루에 두 번 있다. 지금은 밀물 때다. 펄 물 때문에 늘 뿌연 서해인데 여기는 물이 맑다. 친구 말이 연방 귓전에서 참방거린다. 바다로 들어서는 사람들 소리가 점점 가까워진다. 우리는 일단 바다를 걸어 나온다. 이내 바다가 빤히 보이는 민박집을 잡는다. 서둘러 짐을 풀고 수영복으로 갈아입는다. 그 사이 바다는 만조 시간에 가까워진다.

깊이가 얕던 바다가 서서히 깊어진다. 우리는 한참 동안 바닷속에서 해수욕을 즐긴다. 두어 시간이 지나자 허기가 밀려온다. 해수욕장 횟집에서 밥을 먹는다. 더위 때문에 식욕이 뚝 떨어졌다는 어제의 말이 무색하다. 식탁 위 빈 그릇들이 빠르게 늘어난다. 허기가 반찬이라는 말이 실감이 난다. 횟집 통유리창 너머 썰물 진행이 빠르나. 모래펄이 섬섬 더 훤히 드러난다. 작렬하던 햇볕도 저물며 썰물 쪽을 따른다. 열기가 조금은 가라앉은 바람을 앞세운 해풍이 불어온다. 우리는 민박집으로 돌아와 마당 한쪽 평상 위에 술자리를 편다. 바쁘게 살다가 나누지 못했던 소소한

이야기가 이어진다. 이야기 끝마다 술잔이 비워진다. 발개
진 얼굴만큼 저녁놀이 물들어간다. 하루가 곱게 익어간다.
그때쯤이었다. 친구가 느닷없이 손뼉을 치고는 탄성을 지
르며 벌떡 일어난다. 깜짝 놀란 나는 왜 그러느냐고 묻는
다. 그러나 친구는 아무런 대답이 없이 민박집 마루 쪽으
로 성큼성큼 걸어간다. 그리고 잠시 뒤 낡은 기타 한 대를
들고 와 내 품에 안겨준다. 나는 반갑게 기타를 껴안고 구
석구석을 더듬는다.

  민박집 마루 구석에 놓인 채 먼지투성이 된 몸통을 수건
으로 닦고 녹슨 기타 줄을 휴지로 문질러 닦는다. 녹이 슬
어 빡빡해진 조임의 강도를 천천히 조절한다. 끊어질 듯한
기타 줄의 조율을 간신히 마치고 노래가 시작된다.
  −바닷가 모래 위 흩어진 날들이
  −파도가 밀려와 생각나게 하네.
  −바람아 불어라 파도야 쳐라.
  −그 시간 속으로 날 머물게 하렴…,
  우리는 바다와 어울릴만한 노래를 연이어 부른다. 노래
한 곡이 끝날 때마다 어디에 있었는지 모를 사람들이 평상
으로 하나둘 모여든다. 친구와 나는 사람들에게 술 한 잔
을 따라드리며 노래 한 곡씩을 요구한다. 사람들은 우리
요구를 흔쾌히 수락한다.

  맨 처음 결혼 30주년 여행을 온 부부의 노래를 듣는다.
  −긴 밤 지새우고 풀잎마다 맺힌

－진주보다 더 고운 아침이슬처럼

－내 맘에 서러움 알알이 맺힐 때…,

　부부의 노래 속에서 80년대 거리의 최루탄 가스가 눈을 찔러온다. 이어서 젊은 부부의 랩을 듣는다. 알아들을 수 없이 빠른 가사가 멀어진 수평선 너머를 향한다. 기분 좋다며 회를 담은 접시를 내어온 횟집 사장님의 노래를 듣는다. 가사 속에서 어느 어부의 아내가 끓인 된장찌개 냄새가 구수하게 번진다. 다들 반갑다는 민박집 주인아저씨의 노래를 듣는다. 생각보다 간드러진 주인아저씨 목소리를 따라 사람들은 남도의 작은 섬마을을 향한다. 환호성과 박수가 끝나자 아저씨가 스스로 한 곡 더 부를 때는 여전히 그 섬에 살고 있을 것 같은 빨갛게 물든 동백 아가씨의 귓불이 떠오른다. 그러나 아저씨 말고는 너나 할 것 없이 노래 한 곡이 제대로 마무리가 되지 않는다.

　저마다 비슷한 말을 한다. 가사를 잊었다고 한다. 그때, 젊은 부부가 스마트폰을 켠다. 부르고 싶은 노래 제목을 알려달라고 한다. 이내 가사를 앞서 읽어 준다. 모두 함께 노래를 따라 부른다. 노래가 제대로 마무리되어 간다. 틈틈이 술잔이 돈다. 연방 터지는 웃음소리가 다시금 밀려오는 파도 소리와 섞인다. 짭조름한 바다의 감응이 사람들 마음속으로 스민다. 간간이 기타 소리가 데시벨을 올리며 허공 속으로 흩어진다. 어둠이 서서히 민박집을 덮어온다. 그러나 사람들 표정이 더 환해진다. 모두 한 곡의 노래가 된다. 가족 같은 이웃이 된다. 어두운 시간이 짙어갈수록 녹슨 기타 소리가 선명해진다.

　몇 순배 돈 술잔이 비워질 때 친구가 불쑥 한마디 던진
다. 옛날에는 노래 몇 곡씩은 누구나 다 외웠다. 그러나 지
금은 노래 한 곡을 다 외우는 사람이 드물다. 친구 말을 들
은 사람들이 이구동성 한마디씩 보탠다. 우리가 가사를 잃
어버린 것은 노래방 때문이다. 쉽게 누려온 문명의 이기
때문이다. 한없이 편안한 삶에 의존하는 생활 습관 때문이
다. 그러나 우리는 낡은 기타 한 대로 모두 맑아지는 노래
를 불렀다. 처음 만나도 이물이 없을 수 있는 만남의 향기
를 맡았다. 서로 악수를, 그러니까 따스한 손을 잡았다. 마
음의 정을 느꼈다. 맛있는 음식을 나눴다. 잊을 수 없는 추
억을 만들고 바다를 공유했다. 밀려오는 파도 소리 쪽으로
우리는 노래의 배를 띄웠다. 돛을 올리고 유쾌한 항해를
했다. 어두운 바닷속에서도 괜찮았다. 불빛 같은 눈빛을
밝히고 우리는 깊은 물속으로 닻을 내렸다. 사라진 줄 알
았던 정을 누렸다. 누가 무슨 말을 했는지 중요하지 않다.
그저 풍성한 이야기들이 오가는 동안 민박집으로 다가온
밀물이 또다시 썰물이 되어 갔다. 그러나 그것마저 상관이
없었다. 하늘 한복판에 싱싱한 은하수가 흘렀다. 은하수를
둘러싼 별들도 일제히 눈을 떴다. 모두 벽이 없는 밤이었
다. 반짝이는 눈빛이 민박집에 가득한 하룻밤이었다. '물
마중민박집' 그 이름처럼 기쁨이 샘처럼 솟구치는 밤이었
다. 가뭄에 시달리던 목젖이 오랜만에 시원한 밤이었다.
어디든 상관없이 흥건히 적실 것 같은 밤이었다.

경사진 골목 안 비질 소리가 다디단 새벽잠을 깨운다. 골목 양쪽에 빼곡히 들어찬 저층 빌라 사람들도 비질 소리 알람을 들은 듯 부스스 몸을 일으킨다. 이내 집집마다 텔레비전이 켜지고 수돗물 소리, 설거지 소리, 화장실 변기 소리, 방문 여닫는 소리가 한꺼번에 골목 안으로 쏟아진다. 발 빠른 출근길 발소리 따라 두두두두 발소리 한 무리, 한 무리가 골목을 연이어 빠져나간다. 잠시 뒤 아무 일 없었다는 듯 골목 안이 고요해진다.

우리 동네 사람들은 비질 소리의 주인공인 저 아저씨를 모르는 사람이 없다. 어느 날 잠입하듯 어스름 저녁에 이사를 온 저 아저씨를 모르는 사람이 없다. 새벽마다 비질 소리로 아침을 흔들어 깨우는 저 아저씨를 모르는 사람이 없다. 아침뿐만이 아니다. 아저씨의 비질 소리는 밤낮이 없다. 흰 머리카락이 성성해서 호칭도 어르신이 어울릴 것 같은데 늘 짧게 자른 헤어스타일과 단단해 보이는 몸, 게다가 날카로운 인상 때문에 강인해 보이는 아저씨로 불린다. 그래서인지 한때는 "군대에서 잃었다." "교통사고 때문이었다." "공장에서 잃었다." "조직폭력배였다." 한쪽 팔이 없는 아저씨에 대한 풍문이 돌았다. 출처를 알 수 없는 풍문이 잦아들 만하면 다른 이유 때문이었다는 원인불명의 풍문이 돌았고 그때마다 아저씨의 귀에 닿으면 금시라도 폭발할 것 같은 불안감이 골목 안에 팽팽했다. 그러나 아저씨는 매캐한 냄새를 풍기며 동네를 떠다니는 가스 같은 풍문에도 반응을 보이지 않았다. 오히려 아저씨는 나날이 풍성해지는 풍문을 쓸어버리듯 우리 동네 구석구석을 열심히 비질했다. 세상사 심한 편견처럼 겉모습 때문에 행동이 불안해 보였지만, 아저씨는 없는 팔 때문에 겪는 장애가 없었다. 언제나 목소리가 힘찬 아저씨는 결국 몹쓸 풍문들을 말끔히 쓸어버리고 우리 동네 유쾌한 골목대장이 되었다.

가끔 나는 장애에 대한 동병상련의 마음으로 그 아저씨와 막걸릿잔을 비운다. 마음을 탁 터놓고 속속들이 이야기를 나누어도 나는 한쪽 팔에 대한 궁금증을 묻지 않는다. 아저씨도 내가 두 눈이 안 보이게 된 사연을 묻지 않는다. 오늘도 지하방 머리맡 비질 소리에 잠자리에서 일어나 외투를 걸치고 현관문을 나선다.
"아저씨, 안녕하세요?"
내 인사를 들은 아저씨, 골목을 쓰시며 내게 한 말씀 던지신다.
"작년처럼 올겨울도 심상치 않다."

"하늘을 보면 유난히 눈이 많이 내릴 것 같다."

나는 추임새를 넣듯 고개를 끄덕인다. 넙죽넙죽 대답한다. 그리고 진눈깨비가 많이 내리던 작년 겨울을 생각한다.

올겨울도 역시 골목에는 송이눈이 쌓일 틈이 없겠다. 흰 머리칼이 성성한 하얀 비질 소리가 온 동네를 흔들겠다. 아저씨의 비질 소리는 겨울 뿐만이 아니었다. 꽃잎 흩날리는 봄에도, 햇볕 쨍쨍한 여름에도, 낙엽 수북한 가을에도 멈춤 없이 번졌다. 아저씨의 비질은 누가 시킨 것이 아니다. 칭찬을 바라는 것도 아니다. 그냥 쓴다. 벌써 이사 온 지 다섯 해가 되었으니 참 오래된 습관이다. 언젠가 통장이 아저씨를 훌륭한 시민 수상자 후보로 시청에 건의했다. 그러나 아저씨는 자기 집 마당을 쓰는 것이 상 받을 일은 아니라 했다. 분명 아저씨 말이 맞는 말이다. 그래도 거부하는 아저씨 행동이 아쉬웠다. 나는 가만히 있을 수 없었다.

"그냥, 상 받으셔도 된다고…,"

"그러니까 받으시라고…,"

그날 저녁 편의점 파라솔에 앉아서 막걸릿잔을 채워드리며 줄기차게 설득했다. 그러나 아저씨는 줄곧 빙그레 웃으며 유연한 듯 완강했다. 끝내 부상도 썩 괜찮고 상금도 괜찮은데 꼭 받으시라는 내 술모든싱민 길바닥에 쓰레기처럼 뒹굴던 날이었다.

아저씨 말마따나 계절마다 쓸어야 할 쓰레기들이 다르듯 내 마음을 쓰는 아저씨의 비질 소리는 늘 같은 소리가

아니다. 적적할 때 함께 막걸릿잔을 비우며 나누는 이야기
처럼 비질 소리는 날마다 다른 소리가 되어 달팽이관을 후
빈다. 얼마 전에는 장애인 차별에 관한 정책 제안 원고 마
감을 미루고 있다고 말했더니 비질도 하루만 멈추면 동네
가 더러워진다며 내 게으름을 깨끗이 쓸어주었다. 일주일
전에도 혼자 사시던 동네 할머니의 죽음 때문에 어지럼증
에 시달린 마음을 자분자분 쓸어 주었다. 그뿐만이 아니
다. 때로는 비질 소리가 꿈속에서 일어나는 장면과도 이어
진다.

　오늘 아침엔 산짐승 마당까지 내려와 먹을 것을 찾는 소
리 들린다. 마당 곁 개집 안에서 자다가 놀란 듯 마구 짖는
누렁이 목소리 들린다. 황급히 산속으로 돌아가는 산짐승
발소리 들린다. 확실히 승기를 잡은 듯 더 크게 짖는 누렁
이 목소리 들린다. 툇마루 짐들을 정리하는 아버지 발소리
들린다. 이내 마당에서 싸리비질 소리 들린다. 산 중턱, 시
골집 뒤란 굴뚝에 쌓인 눈덩이 떨어지는 소리 들린다. 쿨
룩거리는 굴뚝에 연기만큼 아궁이에서 생솔가지 타는 소
리 들린다. 우물가에서 설거지를 마친 엄마가 쌀 씻는 소
리 들린다. 와중에 어젯밤 체한 듯 내 뱃속에서 부글거리
는 소리 들린다. 엄마를 부르는 내 목소리에 문풍지 흔들
리는 소리 들린다. 골바람 소리 앞세운 엄마 방문 열리는
소리 들린다. "엄마 손이 약손! 엄마 손이 약손!" 참나무
껍질 같은 손바닥이 내 배를 쓸어주는 소리 들린다.

2

반시각 패권주의자

검은 모니터의 그림

한몸

내 커피의 적당한 농도는 30도

시각장애인 라면 요리법

맽약도

깨진 커피 잔

제자리

불편의 힘

끊어진 길

10센티미터의 낭떠러지

　나는 목소리만 들어도 그 사람의 얼굴을 알 수 있다. 이
게 무슨 말인가 싶겠지만, 사실 나에게만 있는 특별한 능
력이 아니다. 어느 사람이나 가진 사소한 능력이다. 분명
히 형체를 파악할 수 있는 청각적 감각처럼 볼 수 있는 감
각은 시각뿐만이 아니다. 맞잡은 손에서 그 사람의 형체를
알 수 있다. 그 감각이 바로 촉각이다. 음식을 먹다가 문득
그리운 사람을 떠올릴 수 있는 감각이 미각이다. 그 어디
든 나를 데리고 갈 수 있는 감각이 코끝을 찌르는 후각이
다. 그뿐만이 아니다. 그 사람이 쓰는 언어에서 그 사람의
성향을 눈치챌 수 있는 특수한 감각도 있다. 사람의 몸에
는 그만큼 많은 감각이 존재한다. 그러므로 우리는 단순히
감각을 오감으로 규정할 수 없다. 사람은 비단 몸의 감각
만으로 살지 않는다. 많은 사물의 감각과 더불어 사다. 각
기 다른 공간마다 독특하게 전해오는 기운으로도 우리는
감정을 나눈다. 허공처럼 보이지 않아도 형체는 존재하고
우리는 그 형체를 인식한다.

시력이 남아 있지 않은 내가 다양한 감각으로 만난 사람들이 꿈속에 종종 나타난다. 선명한 모습으로 나타난다. 경험하지 않은 사람들은 이해할 수 없는 말일 것이다. 그러나 시각장애인들은 자주 체험을 했을 것이다. 중도 시각장애인들은 시각을 뺀 나머지 감각이 발달하게 된다. 특히 청각과 촉각이 매우 발달하게 된다. 서른 초반에 실명한 나의 강력한 체험이다. 처음 만난 사람과 인사를 나누기 위해 악수를 할 때가 있다. 짧은 순간이다. 그러나 나는 그 순간 많은 정보를 얻을 수 있다. 그 사람이 세상을 대하는 마음의 온도를 알 수 있다. 나와 잘 어울리는지 아니면 나와 안 어울리는지 그 성격을 알 수 있다. 외모는 물론 한발 더 나아가서 나이도 알 수 있다. 악수 뒤 나를 향해 짓는 그 표정도 알 수 있다. 성향과 형체의 총체인 목소리와 같이 손은 그 사람의 현재이자 역사이기 때문이다. 물론 자신만만한 이 말들이 오류일 가능성이 대단히 크다. 그러나 감각의 오류는 시각도 마찬가지이다. 여기서 잠깐, 감각의 오류를 비관으로 규정할 필요도 없고 나는 비관하지 않는다. 때로는 즐거운 오류가 나를 행복하게 한다. 문학의 창작자로서 상상의 나래를 활짝 펴게 한다. 내게는 머나먼 이야기이지만 위대한 예술을 낳기도 한다. 그 하나의 예가 있다.

어느 날 피카소의 친구가 말했다. 너는 왜 동그란 컵을 타원형으로 그리느냐? 친구의 말은 옳았다. 피카소가 눈으로 보았을 때 컵은 분명히 동그란 모양이었다. 그런데

자기가 그린 그림은 그 모양과 다른 컵이었다. 피카소는 그날부터 고민에 빠졌다. 얼마간의 고민을 마친 피카소는 결국 원근법을 버렸다고 한다. 소실점을 버렸다고 한다. 그림은 당연히 괴이한 그림이 되었다. 보이는 그대로 옮긴 그림이 그림으로 보이지 않았다. 숱한 논란을 낳은 피카소의 그림들은 당시 외면당했다. 그러나 피카소가 세상을 떠난 뒤 찬사가 쏟아졌다. 물론 지금도 호불호가 갈리는 것이 사실이다. 피카소의 그림에 대한 사람들의 생각이 다양한 것이다. 굳이 그림에 평가를 따지자는 것이 아니다. 나는 다양한 의견들을 주목하고 싶다. 서로 다르다고 해서 틀렸다고 간단히 정의할 수 있을까? 사람들은 저마다 인식할 수 있는 감각의 작동 방식이 다르다. 그야말로 다양한 감각이 존재하는 것이다. 이즘에서 완강한 농담 한마디를 던지고 싶다. 백 번 듣는 것이 한 번 보는 것만 못하다는 말은 낡은 말이다. 감각에 대한 결정적인 편견이다. 꼭 두 눈으로 보아야 믿을 수 있는 것만 있는 것이 아니다. 바람은 보이지 않는다. 소리도 보이지 않는다. 그러나 엄연히 존재하는 세상 속 풍경이다. 시각은 영상미디어 발달 속도만큼 이미 강력한 권력이 되었다. 현란한 화면 속에 다양한 감각을 가둬 버린다. 화면은 순식간에 바뀐다. 다른 감각이 열릴 틈을 주지 않는다. 타자를 염려할 짧은 여유를 주지 않는다. 공동체를 무너뜨린다. 혼자이게 만든다. 이웃의 고통과 동참할 수 없게 만든다. 풍부한 감정을 고립시킨다. 빠르게 소멸시킨다.

시각 패권주의 속에서 소멸하는 감각들을 어떻게 살려낼 것인가? 이것이 내가 펼쳐갈 문학의 화두이다. 중도 실명 이후 자연스럽게 반시각패권주의자가 된 것이다. 그런데 도대체 어떻게 글을 쓰는가? 라는 질문을 받을 때마다 나는 이렇게 대답한다. 글을 쓰기 위해 점자를 익혔다. 그러나 중도 실명이어서 매우 힘들었다. 속도가 좀처럼 붙지 않았다. 그래서 다른 방법을 모색했다. 이 정도 대답쯤에서 사람들은 내게 다시 질문을 던진다. 글쓰기 장비가 있을 것으로 생각하는데 그 장비가 무엇인가요? 바야흐로 과학 발달에 따른 특수 장비가 있을 것으로 판단한 질문이다. 그러나 일반 컴퓨터를 쓴다. 다만 화면에 나타난 활자를 읽어주는 화면낭독 프로그램이 있다. 독서도 텍스트 파일로 읽는다. 가까운 지인들에게 읽고 싶은 책이 생길 때 타자 도움을 받는다. 화면낭독 프로그램도 절반은 장애이다. 그림은 읽지 못하기 때문이다. 괜찮다. 나는 귓가에 들리는 환한 풍경을 믿는다. 손가락 끝에 박힌 눈을 믿는다. 오감 이외에도 무수히 존재하는 감각을 믿는다. 내가 아직 느끼지 못한 드넓은 그 세계를 믿는다. 편견이 사라진 감각 공동체가 우리가 만들어야 할 아름다운 미래라고 믿는다.

검은 모니터의 그림

사람들은 내가 작품을 어떻게 쓰는지 궁금한가 보다. 그 것도 아주 많이 궁금한가 보다. 명색이 시인인데 문학 세 계에 대한 궁금증보다 글 쓰는 행위에 관한 질문이 더 많 다. 기자들의 인터뷰 질문 순서도 어떻게 글을 쓰는가? 이 것이 첫 질문일 때가 많다. 당연히 내가 시각장애인이어서 그게 제일 먼저 궁금한 것도 무리는 아니다. 그래도 그렇 지 열에 아홉이 이 질문이면 조금은 과하지 않은가. 뭐, 꼭 불만이라는 것이 아니다. 사람은 누구나 전문영역과 닮지 않은 신체의 도드라진 특징이 있기 마련이다. 그 특징이 강렬하면 궁금증이 일고 대면한 목적이 뒷순위로 밀릴 수 있다. 작품 때문에 만난 기자들은 물론 지인들도 독자들도 그렇고 강연 때도 청자들은 창작론이든 작품론이든 그 강 연 내용은 둘째치고 그러니까 눈이 안 보이는데 어떻게 글 을 쓰느냐고 묻는다. 한두 번도 아니고 평소에 하도 많은 질문을 받은 터라 하루는 도대체 왜 그럴까? 곰곰이 생각 해 본 적이 있다.

모든 질문에는 원하는 답이 담겨 있는 경우가 많지 않던 가. 적잖게 겪은 체험이다. 내게 답을 듣고 싶은 질문인지 자기가 이 답을 듣고 싶다는 질문인지 아리송한 질문을 받은 적이 많다. 그 질문들이 파생하는 이유를 차근차근 풀다가 나는 무릎을 탁 칠만한 중요한 지점 하나를 발견했다. 아! 잠깐, 내게 국한된 결론일 수 있겠다. 그래도 이야기를 이어가자면 한마디로 눈이 안 보이는데 글을 어떻게 쓰는가? 이 질문 속에는 경이감이 담겨 있었다. 힘든 상황에서 나오는 작품들은 기본 베이스이고 어떤 어려움을 통과한 것에 대한 행위적 궁금증이 앞섰던 것이다. 대단한 착각인가? 내가 실제 겪은 체험이니 그렇다면 그런 것 아닐까. 내 결론을 스스로 믿고 그 믿음에 더 확신을 얻어서 모두 궁금해 하는 내 글쓰기 형태를 알려 드리고 싶다. 컴퓨터로 쓴다. 특별한 컴퓨터가 아니다. 일반 컴퓨터다. 다만 시각장애인용 컴퓨터 화면낭독 프로그램을 쓴다. 한글이나 엑셀, 윈도 미디어프로그램 뭐 그런 프로그램 같은 것이다. 결론은 일반 컴퓨터에 소프트 프로그램을 깔아서 쓴다고 보면 된다. 내가 쓰는 화면낭독 프로그램을 만드는 회사가 과거에는 여럿이었다. 그러나 수익 사업이 되겠는가. 수요는 정해져 있다. 재구매까지는 한참 걸린다. 사업 이윤이 그저 그러했다. 당연히 문을 닫을 수밖에 없었다.

시각장애인들이 쓰는 화면낭독프로그램은 사용상 다른 점이 있기는 하다. 내 컴퓨터의 모니터는 정안인들과 달리 언제나 검다. 컴퓨터를 안 켠 것이 아니다. 나와 같은 시각장애인은 굳이 모니터를 켤 필요가 없다. 스피커와 본체만 켜면 된다. 물론 렉이 걸리거나 화면을 꼭 봐야 문제를 해결 할 수 있을 때가 있다. 그때는 잠깐 모니터를 켜고 정안인의 도움을 받아야 한다. 혼자 있을 때 답답해도 방법이 없다. 도움을 기다려야 한다. 그래야 한다. 평소에 글을 쓸 때 본체가 켜져 있으면 모니터가 꺼져 있어도 상관없다. 본체는 계속 그림과 활자를 송출하고 있기 때문이다. 그야말로 절전용이다. 본체보다 사실 모니터가 전기를 훨씬 많이 잡아먹는다. 아니, 먹는다? 이 표현보다 소모가 심하다가 좋겠다. 그건 그렇고 시각장애인용 화면낭독 프로그램은 꺼진 모니터 속 그림과 활자들은 물론 다른 정보도 읽어 준다. 눈에 보이지 않는다고 없는 것이 아니다. 더 자세히 설명하자면 모든 문자, 문장부호, 특수부호들을 읽어준다. 그림은 그냥 그래픽이라고 읽는다. 그러니까 그림은 그림이라는 정보 정도를 알려 주는 것이다.

화면낭독 프로그램은 기술적 한계가 있기는 하다. 그래도 대단한 프로그램이다. 실생활에서 큰 역할을 하고 있기 때문이다. 그림을 그려 본 적이 있는가. 천연색 물감을 몽땅 섞으면 검은색이 된다. 그래서 검은색은 총천연색을 품고 있다. 태양은 졌지만 캄캄한 밤도 여전히 만물을 품고 있다. 내 책상 위의 검은 모니터도 마찬가지이다. 빛나는 별들의 숲속 그 우주를 품고 있다. 나는 그 우주 속에 풍경을 상상하는 사람이다. 총천연색 그 풍경들을 활자로 그림을 그리는 사람이다. 키보드를 칠 때마다 스피커에서 풍경이 흘러나온다. 섬세한 문장들이 흘러나온다. 한 폭의 음악이 흘러나온다. 한 곡의 달빛이 흘러나온다. 어둠이 품은 소리의 작품들이 흘러나온다. 빠짐없이 차곡차곡 흘러나온다. 흘러나온 소리들이 번지며 무수히 반짝거린다. 전원을 켤 필요가 없는 내 컴퓨터 모니터는 명백히 검다. 그러나 어두워도 어둡지 않은 모니터이다. 무궁무진한 세계를 품은 마법의 모니터이다.

내가 컴퓨터를 처음 배울 때가 90년대 초반이었다. 뭐, 배우긴 배웠으나 컴퓨터에 큰 재미를 느끼지 못했다. 마냥 신기해하는 사람들과는 달리 관심이 없었다. 그러나 나는 업무상 컴퓨터를 익혀야 했다. 비단 나뿐만이 아니었다. 직장인이라면 누구나 컴퓨터가 필수였다. 컴퓨터를 다루지 못하면 시대에 뒤처지는 사람으로 취급받았다. 그만큼 컴퓨터는 아날로그 시대의 종결과 새로운 세상으로 가는 혁명적 상징물이었다. 그런 시절이었으니까 당연히 직장인들을 위한 컴퓨터학원들이 우후죽순처럼 생겼다. 교재비도 약 600,000원이었고 90년 초반이었으니 만만치 않은 금액이었다. 지금이야 스위치를 켜면 컴퓨터가 저절로 부팅되어 화면이 뜨지만 그 당시는 MS도스 시절이었다. CD롬에 부팅디스켓을 넣고 일일이 명령어를 타이핑해야 컴퓨터가 부팅되었다. 부팅 후에도 파일을 복사하려면 카피 디스켓을 넣어서 명령어와 카피하고자 하는 디스켓을 CD롬에 넣고 다시 복사를 위한 명령어로 처리해야 했다. 아! 잠깐, 지금은 상상할 필요도 없고 그렇게 써야 한다면 나부터라도 차라리 컴퓨터를 포기할 것 같은 케케묵은 옛날이야기이다. 그래도 입을 열었으니 마무리는 해야 하지 않을까?

지금은 초고속통신망 시대이다. 그러나 그 당시는 텔레통신이었다. 말하자면 전화선을 이용한 통신망인데 무지무지 느렸다. 그런데도 컴퓨터를 통해 편지가 오가고 음악이나 영화를 다운로드 받는 것이 매우 놀라운 일이었다. 혹 아시는가? 천리안, 나우누리, 하이텔이라는 통신망을 아시는가? 이 명사들을 아시면 일단 어르신이나 연세가 어울리는 나이가 분명하다. 기술은 빠르게 발전하여 DOS 시절에서 윈도가 생기고 텔레모드에서 인터넷이 손안에 들어온 5G 시대가 열렸다. 그러나 나는 그 시절이 가끔 가슴이 벅차도록 밀려온다. 이유는 그때는 아니었던 내가 시각장애인이 되었기 때문이다. 클릭이 훨씬 빠르고 정확하겠으나 시각장애 때문에 키보드를 주로 사용해야 한다. 마치 MS DOS 시절처럼 명령어를 쓰는 격이다. 그때는 억지로 배운 컴퓨터다. 얼마나 다행인가. 기회가 될 때 무엇이든 배워야 한다. 오래 살아보니 그렇다. 말을 하고 보니 늙은 말이다. 그러나 그게 맞는 말 같다. 내일은 모 신문사 인터뷰가 있다. 미리 질문지를 보냈다고 한다. 메일을 확인해봐야겠다. 책상 밑에 놓인 컴퓨터 스위치를 컨다. 위잉 소리가 들린다. 본체가 켜지는 소리다. 나는 저 소리를 들을 때면 새로운 세계가 열릴 것 같은 기대감이 밀려와 좋다. 아마 메일 속 질문지에는 글은 어떻게 쓰세요? 라는 질문은 없을 것이다. 그러나 모를 일이다. 열에 아홉이 그러했으니 이 글을 보내줄까? 그럼 인터뷰 시간이 절약될까? 그래도 더 자세히 알고 싶어 할까? 두고 보자 내일이면 알게 될 일이다. 이 글의 후속편이 필요한지, 뭐 굳이 그러지 않아도 될는지 말이다.

한 몸

내 재산 목록 1호는 기타다. 그럼 내 재산 목록 2호는 뭐지? 또 3호는 뭘까? 아니지. 재산이 뭔지 그것부터 정확히 알고 봐야겠다. 사전에는 현재 교환 가치를 지니는 자기 소유의 모든 돈과 사물을 일컫는다고 한다. 어차피 가진 돈이 없으니 내가 말하는 나의 재산 목록은 부동산을 포함한 사물들이겠다. 그래, 부동산도 내 이름으로 등기가 된 건물은커녕 집도 절도 없고 바늘 하나 꽂을 땅도 없으니 생활용품들이 재산 목록이 맞겠다. 그렇다면 기타가 재산 목록 1호가 맞기는 분명히 맞다. 2호는 직업이 시인이어서 글을 써야 하니까 컴퓨터? 3호는 생쌀을 그냥 씹어 먹을 수 없으니까 압력밥솥 정도가 아닐까? 이렇게 말하면 누군가 "인마야! 그럼 넌 벗고 다닐래?"라며 나를 몰아치지는 않으려나? 그래, 질문을 스스로 던져 보니 재산 목록을 우선순위로 매긴다는 것이 힘들긴 힘들다. 그러나 분명한 것은 현재 기타가 1호라는 사실은 확실하다. 재산은 유동적이어서 언제 내게 큰 변화가 일어나 재산 목록 우선순위의 변덕이 일어날지 모르겠다. 그러나 내게 그런 변화가 일어나지 않을 것 같다. 아니, 변덕을 부릴 기회가 없을 것 같다. 로또를 사지도 않고, 갑자기 없는 유산을 물려받을 일도 없고, 내 책들이 수백만 권 팔려나갈 일도 없으니 당연하지 않은가. 뭐 그건 그렇고 내가 내 몸처럼 기타를 애지중지 다루는 사연이 있다. 집안에서도 자주 안아주고 자주 닦아주고 자주 연주하고 자주 조율하곤 한다. 외출에서 돌아왔을 때도 마찬가지이다. 집에 들어서자마자 제일 먼저 침대 머리맡에 모셔둔다. 아, 기타가 재산 목록 1호라고 해서 내가 뛰어난 연주 실력을 갖춘 것은 아니다. 기타 연주가 직업도 아니다. 고등학교 때 조금 깊게 빠진 실력이랄까? 사회생활을 할 때는 기타 곁으로 내가 다가갈 시간도 없었고 기타가 나를 유혹하지도 않았으니 뭐, 그저 그런 실력이었다. 그런데도 기타가 나와 한몸이 된 특별한 이유가 있다.

대중교통을 자유롭게 이용할 수 없는 나는 택시를 자주 탄다. 택시를 타면 열에 아홉은 내 직업이 안마사라고 확신한다. 요즘도 기타를 안 메고 나가면 어느 안마시술소로 모시면 되느냐고 묻는다. 깊은 밤이면 출장안마를 나왔느냐고 묻는다. 두 눈을 잃고 재활센터에 다닐 때였다. 안마사 기술을 배워야 한다는 권유를 받았다. 그러나 나는 안마시술소를 일터로 삼고 싶지 않았다. 뉴스에 연일 터지는 부정적 이미지도 그렇고 정말 하기 싫은 일이었다. 물론 직업에 귀천이 어디 있을까? 당연히 내 생각도 귀천이 없다. 다만 시각장애인들의 일자리로 만들어진 입법 취지가 깨진 곳이 되어 버렸고 안마사에 대한 사회적 이미지가 손상되어 그 권유를 쉽게 받아들일 수 없었다. 더구나 불행인지 다행인지 나는 직업이 전문직이어서 시력을 잃고도 구직에 성공한 터이었다. 그러나 그 직장도 그리 길게 유지할 수 없었다. 실직이 오랜 시간 이어질 때 안마사의 길도 생각했다. 선천적 시각장애인보다 손끝의 민감성이 떨어지고 인체공학에 관한 공부도 만만치 않았다. 게다가 2년 동안 학교에 다니며 시험을 통과해야 자격증이 주어지는 어려운 길이었다. 능력 부재를 느낀 나는 다른 길을 모색했고 어찌어찌 세월이 지나 학창 시절부터 좋아하던 시인이 되었다. 첫 번째 시집을 낸 후 어느 날이었다. 문학회에 초대 시인으로 초청받았고 그날 자작시를 낭송하게 되었다. 그런데 출연진 중에서 기타를 치며 노래하는 사람이 있었다. 그 사람은 언젠가 내가 기타를 칠 줄 안다는 이야기를 들었다며 내게 한 곡 불러보라고 했다. 당연히 기타를 안 친 지 오래되어서 듣기 힘들 거라며 사양했다. 그러나 다른 사람들까지 합류한 집단권유에 떠밀려서 나는 기타를 치며 노래 한 곡을 불렀다. 노래가 끝나자 이게 무슨 일인가. 실력보다 환호성이 엄청났다. 사실 응원이 좀 과하긴 했다. 그나저나 오랜만이어서였을까? 고등학교 때 그룹사운드를 한답시고 설쳐 댈 때였다 학교 축제 날 받은 박수 이래 가장 흥분이 된 환호였다. 그다음 주부터였다. 나는 오래전 헤어진 기타와 빠른 속도로 친해졌다.

기타와 친해진 이후부터였다. 문학회 말고도 음악회에

출연 요청이 종종 들어왔다. 그날도 늦은 밤 행사를 마치고 택시를 탔다. 내가 등에 멘 기타를 보고 택시기사가 반가운 투로 물었다. 아, 선글라스도 한몫했을까?

"가수세요?"

그 순간이었다. 열에 아홉이 안마사냐고 묻던 오래된 기억들이 떠올랐다. 물론 안마사냐고 묻는 거나 가수냐고 묻는 거나 대단한 의미를 담아서 묻는 것이 아님을 잘 알고 있다. 그러나 질문의 의도와 상관없이 나는 기분이 좋았다. 고등학교 시절이었다. 어쭙잖게 노래를 만들어 불렀다. 그때는 그렇게 재밌었다. 그러나 사는 일이 뭐가 그리 바빠서 등 떠밀리듯 살아야 했는지 스멀스멀 회한이 밀려올 때 기타를 다시 만난 셈이다. 문학회도 그렇고 음악회도 그렇고 또 그 외 공연에 출연할 때부터였다. 기타는 자연스럽게 나와 한몸이 되었다. 외출 때마다 기타는 내 등뼈가 되고 나는 점점 아티스트가 되어 간다. 늘 기타를 메고 다니니까 장소를 불문하고 노래를 불러 달라는 요청이 많다. 나는 웬만하면 거절하지 않는다. 노래는 자신감이어서 자신 있게 부른다. 그러면 꼭 앙코르를 외쳐 준다. 고마운 사람들이다. 내 삶을 응원하는 박수를 받으며 연주와 노래는 점점 늘어가고 있다. 노래와 연주 실력이 늘어가는 만큼 각종 공연과 초청 강연도 많아졌다. 강연 형식도 많이 달라졌다. 종전에 강의만 하던 형식에서 기타연주와 노래가 중간 중간 삽입됐다. 다소 졸릴 수 있는 문학 강연 때는 연주와 노래가 졸음 방지용으로 최고의 프로그램이다. 아! 이런 농담은 금물인가? 그래, 환호해 주는 청자들께

예의가 아니겠다. 나는 기타와 함께 강연할 때가 행복하다. 어쩌다 헤어진 기타와 다시 만난 덕분에 괜찮은 강사로 나름대로 자리를 굳혀가고 있다. 이만하면 기타가 어찌 재산 목록 1호가 아니겠는가? 어찌 한몸이 아니겠는가?

내 커피의 적당한 농도는 30도

적당한 농도의 30도는 물의 온도가 아니다. 팔팔 끓는 물을 머그잔에 가득 따른 뒤 머그잔의 손잡이를 잡고 싱크대에서 기울이는 머그잔의 각도이다. 이게 도대체 무슨 말인지, 왜 그래야 하는지 갸우뚱 할 수 있겠다. 자초지종을 찬찬히 설명하자면 이렇다. 커피를 타는 보편적인 방식은 티스푼으로 커피 알갱이를 잔에 넣고 뜨거운 물을 붓는다. 설탕과 크림도 마찬가지 아닌가? 뜨거운 물을 붓는 순서가 마지막이다. 그러나 나는 부어야 할 물의 양을 볼 수 없는 시각장애인이다. 그래서 머그잔에 뜨거운 물을 먼저 받고 커피 알갱이와 설탕 크림을 나중에 넣는다. 전원을 켠 커피포트에서 물이 다 끓을 때쯤이다. 미리 챙겨둔 머그잔을 왼손에 든다. 물 끓는 소리가 점점 더 요란해지는 커피포트 쪽으로 걸어간다. 전원을 끈다. 오른손으로 커피포트를 든다. 뜨거운 물을 바닥에 흘리거나 발등에 쏟으면 안된다. 그러자면 사물들과 몸이 부딪히지 않아야 한다. 몸의 균형을 잃으면 큰일이 난다. 최대한 조심스러운 걸음으로 싱크대에 다다른다. 물을 부을 때도 개수대 바깥쪽은 곤란하다. 반드시 개수대 안쪽에서 머그잔의 수평을 유지한다. 침착하게 머그잔에 뜨거운 물을 붓는다. 머그잔의 적절한 무게가 느껴진다. 물 붓기를 멈춘다. 적절한 무게이 짧은 표현이 말로는 간단하게 들리지만 단연코 쉽지 않은 표현이다. 커피 한 스푼과 딱 맞는 물의 양을 머그잔이 받아내야 할 그 적절한 무게를 손으로 측정한다는 것이 단박에 될 일인가? 어느 날은 쓴맛, 어느 날은 냉랭한 맛, 어느 날은 아예 네 맛도 내 맛도 아닌 맛들을 온몸으로 체험한 뒤 간신히 터득한 무게이다. 그러나 간혹, 커피는 끓여야 하고 내가 늘 사용해 온 머그잔이 아니어서 난감한 때가 있다. 익숙해진 무게로 굳이 잔을 기울이지 않아도 되는 내 전용 머그잔을 가져오지 못한 야외일 경우이다.

새로운 머그잔을 만나면 가늠할 수 없는 무게 때문에 커피를 타는 행동이 부자연스럽다. 뜨거운 물이 기울인 머그잔의 각도에 맞춰 조르르 흘러야 하는데 콸콸 쏟아지기 때문이다. 그러나 한두 번 조율을 거치면 이내 적응이 된다. 잘 훈련된 습관이 또 하나 있다. 다행히 넘쳐도 상관없다. 이미 나는 습관처럼 싱크대 앞에 서 있고 개수대 안에서 머그잔의 각도를 30도로 기울이고 있다. 일반 머그잔이 아닌 특수한 모양을 지닌 머그잔을 만날 때도 있다. 이를테면 다른 머그잔보다 조금 무겁게 제작한 점토 머그잔 같은 경우이다. 그래도 괜찮다. 그 어떤 잔에서든 뜨거운 물이 넘치더라도 개수대 안쪽에서 떨어지고 있다. 비단 우리집이 아니어도 뜨거운 커피를 탈 수 있다. 환경이나 구조가 달라서 괜스레 불안한가? 지나친 걱정은 하지 않으셔도 된다. 이미 나는 숙련된 기능인이다. 일머리의 순서를 지키며 차분하게 임하면 다 괜찮다. 이제는 완벽한 바리스타이어서 애초에 머그잔의 무게를 가늠하지 않아도 된다. 물컵도 좋고 밥공기도 좋고 예쁜 커피잔도 괜찮다. 손으로 만져 보면 대충 그 잔이 담아낼 물의 양이 가늠된다. 그러므로 조금씩 기울인 컵에서 뜨거운 물이 넘쳐도 안전하다. 또 중요한 한 가지가 커피 맛인데 각기 모양을 다르게 제작한 머그잔이라도 괜찮다. 대충 30도 기준이면 커피 농도에 큰 차이가 나지 않기 때문이다. 다만 머그잔이 아니라 조금은 작은 듯한 패션 디자인 커피잔들은 조제에 대한 대처법이 다를 수 있다. 아니 달라야 한다. 무게감이 있는 머그잔의 원통형 모양이 아니라 하부가 좁고 손잡이도 작고 입술이 닿는 원형이 하부보다 넓고 커서 뜨거운 물을 흘릴 가능성이 높으므로 일정 부분 매뉴얼을 다르게 적용해야 한다. 물론 각도도 마찬가지이다. 머그잔을 기울이는 각도가 30도이니까 그보다는 작은 15도 정도가 적당하다.

　나는 커피를 탈 때마다 세상 속 여러 각도를 생각한다. 자존감을 지키려고 기울인 내 삶의 농도를 생각한다. 날이 선 세상과 정면으로 맞선 내 각도를 생각한다. 꺾일 때마다 생긴 삶의 모서리를 어루만지듯 언제나 물이 끓는 소리를 가슴으로 품고 일어난다. 혼자 커피 한 잔을 탈 수 없었을 무렵이었다. 커피포트가 내 속 대신 터질 것 같은 물 끓는 소리를 들은 적이 있다. 넘쳐흘러 싱크대에 떨어지는 뜨거운 물소리를 들은 적이 있다. 입술에 머그잔이 닿기도 전 뜨거운 향기가 부정적인 내 정신을 흔든 적이 있다. 끝내 예각을 제시하며 내 달팽이관을 깨끗이 씻어준 건 저 뜨거운 물소리였다. 나는 잠시도 소리를 놓치면 안 된다. 언제나 머그잔의 수평을 잡듯 내 몸의 균형을 소리로 잡아야 한다. 물은 끓어오르는 비등점만큼 다시 제자리를 잡는 고유의 수평을 가지고 있다. 테이블도 제 각도를 수평으로 유지하고 있다. 내 머그잔도 수평을 잡고 식탁 위에 올라온다. 오른손에 든 커피포트도 수평을 잡으며 제자리를 찾아간다. 식탁 위의 커피통을 잡는다. 최대한 조심스럽게 커피 알갱이 한 스푼을 머그잔에 넣는다. 그다음은 티스푼을 오른쪽으로 젓든 왼쪽으로 젓든 네모로 젓든 그게 무슨 상관이랴! 커피 알갱이가 녹는 것은 마찬가지이다. 내 커피 알갱이 한 스푼과 물의 양을 조절하는 머그잔의 각도가 30도이니까. 간혹 손님이 오시면 기호에 따라서 컵을 제시하고 농도의 조절을 커피 알갱이 양으로 맞추면 될 일이다. 그러나 일회용 커피만 있을 때가 있질 않은가? 그때 진한 커피를 마시고 싶으면 머그잔에 물이 적게 남도록 머그잔을 더 깊숙이 기울이면 되는 일이다. 연한 커피를 마시고 싶을 때는 머그잔을 30도보다 덜 기울이면 되는 일이다. 나는 오늘도 그윽한 내 삶의 농도를 닮은 뜨거운 커피를 탄다. 손가락 하나 데이지 않고 펄펄 끓는 물에 커피를 탄다. 이게 단순한 세상사 기술 같지만 아니다. 느닷없이 두 눈 잃고 수시로 손을 데며 터득한 나만의 커피 타는 법이다.

시
각
장
애
인

라
면
요
리
법

1. 끓이기

라면 봉지를 뜯는다. 생라면을 빈 냄비에 넣는다. 이어
서 스프를 뜯는다. 생라면 위에 스프를 뿌린다. 빈 스프 봉
지들은 빈 라면 봉지에 담는다. 라면 봉지를 띠지처럼 만
들어 매듭 접기를 한다. 이내 재활용 비닐을 모아 두는 쓰
레기통에 넣는다. 라면과 스프가 든 냄비를 가스레인지 위
에 올린다. 아직 불을 켠 상태가 아니다. 마음 푹 놓고 가
스레인지 화구와 냄비를 손가락으로 찬찬히 더듬어서 냄
비를 화구 중심에 잘 맞춘다. 정수기가 있어서 뜨거운 물
을 받을 수 있으면 좋겠지만 찬물도 좋다. 냄비에 어떤 물
이나 두 컵 붓는다. 계량컵을 사용하면 훨씬 수월하다. 생
라면과 스프가 뜨거운 물이나 찬물에 담겨 있으므로 신속
하게 가스레인지 밸브를 연다. 가스레인지 불을 켠다. 냄
비 주변에 손바닥을 펴서 불이 켜졌는지 열기를 확인한다.
불이 켜졌으면 이제 귀를 쫑긋 세우고 기다린다. 기다릴
땐 콧노래 한 곡이 제격이다. 콧노래가 끝날 때쯤 라면 끓

는 소리가 들린다. 뜨거운 물로 끓일 땐 콧노래 한 곡이 끝나기 전에 라면 끓는 소리가 들린다. 가스 불을 켜고 콧노래를 부를 때 가만히 있으면 곤란하다. 그때 미리 컵에 달걀 하나를 깨서 담는다. 달걀 껍데기를 수돗물로 씻어서 물기를 털어낸 뒤 일반 쓰레기통에 넣는다. 달걀 껍데기는 음식물 쓰레기가 아니다. 모든 일을 서두르지 않아도 된다. 라면 끓는 소리가 들리면 바로 달걀을 풀면 된다는 신호이다. 뜨거운 김이 솟구쳐도 긴장하지 않아도 된다. 젓가락 한 가닥으로 조심조심 냄비를 두드려서 뚜껑 손잡이를 찾은 뒤 냄비 뚜껑을 연다. 컵에 받아둔 달걀을 붓는다. 취향에 따라 미리 썰어서 냉동실에 보관해 둔 파와 고추를 넣는다. 냄비 뚜껑을 닫고 달걀을 풀어두었던 컵을 씻어서 건조대에 엎어 놓는다. 숟가락 젓가락 앞접시를 식탁에 놓는다. 국자와 빈 그릇 두 개도 놓는다. 뜨거운 냄비를 올릴 받침대를 식탁 한가운데 놓는다. 익히 아시는 바, 라면 받침대로 시집이 최고이다. 시집이 없다면 잊지 말고 시집을 꼭 산다. 냄비 받침대 가격이나 시집 가격이나 비슷하다. 이제는 가스레인지 밸브와 레버를 원위치로 놓는다. 여기서 서두르면 안 된다. 불은 꺼졌지만 가스레인지 주변과 냄비가 뜨겁기 때문에 위험하다. 손을 데지 않게 작은 수건을 이용해 냄비 손잡이를 감싸서 식탁 위 냄비 받침대에 올려놓는다. 작은 수건을 제자리에 가져다 놓는다. 냉장고에서 김치통을 꺼낸다. 냄비 뚜껑을 연다. 오호, 확! 끼쳐오는 라면 냄새!

2. 따로라면

훅 끼쳐오는 라면 냄새 때문에 서두르면 안 된다. 빨리 먹으려고 서두르면 안 된다. 그 어떤 상황에서도 서두르면 안 된다. 뜨거운 라면 냄비를 엎으면 난리가 난다. 미리 준비해 둔 국자와 그릇 두 개를 손으로 더듬어 확인한다. 그릇 하나에 라면을 다른 그릇 하나에 국물을 담는다. 이제야 특별하고도 우아한 라면 한 끼 식사 시간이다. 왜 그릇이 두 개인지 궁금한가? 시각장애인은 덜어 먹을 그릇이 두 개가 필수이다. 깊이가 없는 앞접시는 곤란하다. 시각장애인은 그릇의 기울기를 가늠할 수 없다. 국물을 흘리기 쉽다. 조금 크고 깊은 그릇이 좋다. 그렇다고 냉면 그릇처럼 크면 안 된다. 젓가락질이 힘들다. 음식도 빨리 식고 맛이 뚝 떨어진다. 그릇이 조금 수평을 잃어도 국물이 쏟아지지 않는 정도면 된다. 무엇보다 중요한 점은 국물과 면을 함께 담으면 젓가락질할 때 국물이 마구 튀게 된다. 정작 시각장애인은 어디로 국물이 튀는지 모른다. 정안인들은 대다수 국물과 면을 함께 그릇에 담아서 먹는다. 그래야 라면의 촉촉한 맛을 느낄 수 있음을 잘 안다. 그래서 시각장애인에게도 국물과 면을 함께 담아준다. 좋지 않은 방법이다. 번거롭지만 되도록 그릇을 두 개 사용해서 국물과 면을 따로 주는 것이 좋다. 그릇 하나 더 쓴다고 큰일이 나는 것이 아니다. 괜스레 번거롭게 만들어서 미안하니까 시각장애인들은 그릇을 하나 더 달라고 해야 할 중요한 말을 꾹 참는다. 그러나 말을 해야 한다. 국물과 함께 담긴 면을 먹다가 사방으로 튀면 혼자 피해를 보는 것이 아니다. 함께 자리한 사람들에게 피해를 준다. 멀리 튀지 않아서 괜찮다고 생각하면 곤란하다. 음식을 편안하게 먹어야 하는데 서로 불안하게 만들 수 있기 때문이다. 시각장애인은 면을 먹다가 퍽퍽하면 다른 그릇에 담아둔 국물을 마시면 된다. 정안인들처럼 촉촉한 맛을 느끼고 싶을 때는 조금 부지런하면 된다. 라면 한 젓가락에 뜨거운 국물 한 모금씩 마시는 방법이다. 이것이 바로 따로국밥처럼 따로라면이다.

3. 설거지

한 봉지도 그렇고 두 봉지를 끓여도 꼭 라면 국물이 남는다. 양 차이가 있을 뿐이다. 남은 국물은 지저분하지 않다. 어차피 국자나 젓가락으로 그릇에 덜어 먹던 국물이다. 그래서 버리지 않는다. 겨울에는 가스레인지 위에 냄비째 올려 둔다. 집안이 추울 때는 괜찮다. 그러나 겨울 여름 상관없이 되도록 냉장고에 넣어 두는 것이 좋다. 겨울에도 난방이 잘 되는 시절이어서 생각보다 음식들이 빨리 쉰다. 어찌어찌 시간이 흐르고 허기는 반드시 밀려온다. 그때 냉장고를 열고 냄비를 가스레인지에 올린다. 그리고 국이 될 어묵이나 만두, 소시지, 햄과 같은 부산물들을 취향에 따라 넣고 펄펄 끓이면 훌륭한 요리가 된다. 이제 식은 밥이든 뜨거운 밥이든 냄비에 통째로 말아 먹으면 남겨

둔 라면 국물이 한 끼니가 너끈히 된다. 여러모로 라면은 참 훌륭한 음식이다. 그건 그렇고 당장 라면을 먹고 식탁 위에 남은 식사 도구들을 설거지 해야 할 시간이다. 오늘처럼 국물이 안 남았을 땐 냄비와 국자 그릇 두 개 그리고 숟가락 젓가락이다. 싱크대에 수돗물을 틀고 약한 물줄기로 설거지물들을 적신다. 수세미에 세제를 조금 묻힌다. 설거지물들을 수세미로 문지른다. 수세미를 수돗물에 헹궈서 제자리에 놓는다. 냄비와 그릇들 그리고 숟가락 젓가락을 헹궈 물기를 뺄 건조대에 올려둔다. 드디어 시각장애인 라면 요리법과 한 끼니가 끝났다. 아, 두 끼니 째도 최소의 설거지가 남는다. 자, 시각장애인 라면 요리법이 어떠한가? 좋은 점이 여러 개가 있지 않은가. 혼자서도 얼마든지 두 끼를 해결 할 수 있지 않은가? 식사가 끝나는 순간 쌓인 음식물 쓰레기가 없지 않은가? 그렇다. 시각장애인 라면 끓이기는 다양한 부분 절약형 라면 끓이기다. 시간도 절약된다. 사용한 물건도 빠르게 제자리에 놓는다. 가스 소비도 적다. 그러나 어떤 음식 만들기 매뉴얼이든 저절로 만들어지지 않는다. 아주 많은 시행착오 끝에 만들어진다. 덜 익은 라면, 푹 퍼진 라면, 스프 봉지와 함께 끓인 내 라면처럼 말이다. 그중에서도 쉽게 만들어지지 않는다는 선명한 증거는 뭐니 뭐니 해도 내 팔뚝과 손등에 남은 화상 자국들이다.

말약도

외출을 할 시간이다. 신발장 위에 올려놓은 육 단짜리
흰 지팡이를 잡는다. 손잡이 쪽을 묶어둔 줄을 푼다. 타다
닥 소리를 내며 흰 지팡이가 펴진다. 이제 문을 열면 한 동
짜리 빌라 유리문이다. 현관 유리문 앞은 비좁은 소방도로
다. 차가 마주치면 곤란하다. 두 차 중 한 대가 후진해서
양보해야 한다. 그 소방도로에 발을 딛자마자 왼쪽으로 90
도를 꺾어야 한다. 200보쯤을 걸으면 된다. 길모퉁이에 슈
퍼가 있다. 슈퍼를 지나치면 아파트 단지 담벼락이 나온
다. 튕기듯 오른쪽으로 몸을 돌린다. 딱 500보면 된다. 도
로들이 만나는 사거리이다. 맞은편은 내가 자주 들르는 재
래시장이다. 왼쪽으로 길을 잡는다. 여기서는 잡음이 심한
길이다. 차들이 경적을 많이 울리는 거리이다. 500보를 걸
었으면 다시 왼쪽으로 발길을 잡는다. 거의 다 왔다. 100
보면 마을버스 정류장이다. 20분 간격으로 마을버스는 올
것이다. 언제나 발걸음을 헤아리다가 멈추면 안 된다. 발
걸음 수를 잊고 지나게 되면 차도에 들어가게 된다. 재래
시장 사거리는 특히 차들이 많은 곳이다. 위험하다. 온통

신경을 곤두세워야 한다. 걸음 수를 잊으면 방향감각을 잃게 된다. 실명 전에는 전혀 몰랐던 사실이다. 내가 길을 걸을 때 길은 쉼 없이 말을 걸어온다. 길가에 많은 사물도 말을 걸어온다. 나는 그 말을 듣고 발걸음을 내디딘다. 목적지가 가까워지면 발걸음도 말을 한다. 서로 대화가 이뤄진다. 그것을 나는 말 약도라고 부른다.

가끔 나를 찾아오는 친한 지인들이 있다. 마을버스 정류장에 내리자마자 전화부터 걸어온다. 동네가 왜 이리 복잡하냐? 어떻게 찾아가냐? 골목은 왜 이리 많냐? 투덜대듯 내게 길을 묻는다. 지인들은 내가 시각장애인이라는 사실을 자주 잊는다. 괜찮다. 내겐 말 약도가 있다. 나는 길을 들려준다. 우선 현재 위치에서 보이는 건물을 알려달라고 한다. 그 건물에서 몇 미터 지나 우측에 예쁜 교회를 끼고 몇 미터에 한옥이 보인다. 그 집을 끌어안듯이 언덕길을 오르면 작은 공원이 보인다. 그 공원을 왼쪽에 두고 100보쯤 걸으면 하얀 건물이 나온다. 그 건물을 등지고 11시 방향 135도 쪽을 보면 커튼이 드리워진 방이 보인다. 그러나 그곳은 나랑 관계없는 집이다. 바로 지금 서 있는 뒤쪽 빌라 현관 유리문을 열고 내 이름을 간절히 불러 보라. 그러면 마술처럼 문이 하나 열릴 것이다. 미리 올려놓은 가스레인지에 물 주전자의 끓는 소리가 들리는가? 어떤 차가 마시고 싶으신가? 농도는 어느 정도를 원하는가? 차라리 차보다는 술 한 잔이 좋겠는가? 슈퍼마켓은 빌라 현관 유리문을 열고 왼쪽으로 200보면 나오긴 한다. 그러나 오랜만에 들른 손님에게 심부름을 시킬 수야 있겠는가? 남은 차 마저 드시고 잠시만 기다리면 된다. 그동안 미뤄두었던 이야기는 안주가 되겠는가? 부족하면 어제 쓴 시 한 편이 어떠한가? 안주 삼은 시 한 편은 눈으로 먹고 알싸한 소주 한 잔은 입으로 먹고 귀로 먹는 건배는 어떠한가?

말 약도를 경험한 사람은 누구나 즐거워한다. 특히 내 집을 찾아오는 지인들은 더욱더 재미있어한다. 우쭐해진 나는 그때 서울 인천 수원 대전 부산 찍고 내친김에 제주도까지 말 약도를 펼쳐 놓는다. 지인들은 동네 길이야 외우려면 외우겠지만 그 넓은 길을 어떻게 외우느냐고 놀란다. 그러나 그리 대단한 일이 아니다. 새로운 생활이 새로운 세상을 만든다. 새로운 생각이 언제나 새로운 삶을 만든다. 오늘이 닫히면 내일이 열린다. 감각 하나를 잃으면 다른 감각이 열린다. 두 눈을 잃자 길이 말을 걸어왔다. 사물이 말을 걸어왔다. 자연이 말을 걸어왔다. 말 약도가 간직한 비밀이었다. 수시로 부리는 마법이었다. 선글라스를 낀 내 머리 위에는 하늘이 있다. 얼굴 앞에는 하얀 구름이 있다. 어깨 위에는 새 한 마리가 있다. 가슴께에는 숲이 있다. 겨드랑이에는 바람이 있다. 손바닥에는 강물이 흐른다. 발밑에는 풀 내음 머금은 흙이 있다. 아 보여도 모든 것이 다 있다. 이제 오늘의 외출은 끝났다. 산동네 골목길을 오른다. 잠시 걸음을 멈춘다. 호흡을 가다듬는다. 보이지 않는 눈앞에서 들린다. 놀이터에서 뛰어노는 아이들 소리 들린다. 발밑에 돌멩이 구르는 소리 들린다. 성당 꼭대기 첨탑 종소리 들린다. 울타리에서 꽃봉오리 터지는 소리 들린다. 꽃잎 위를 걷는 나비들의 발소리 들린다. 가볍디 가벼운 소리들이 너풀너풀 들린다. 사라졌던 모든 풍경이 들린다. 온몸의 감각이 열린다. 왁자지껄한 말 약도가 들린다. 흰 지팡이 끝에서 말 약도가 빛난다.

깨진 커피잔

    지인 몇과 선배 시인 집에 간 적이 있다. 시인이 차 한 잔을 내어놓을 때였다. 지인들이 자꾸 시인 대신 차를 타겠다고 했다. 그러나 시인이 한마디 했다. 장롱 깊숙이 모셔둔 커피잔을 당신들이 어떻게 찾느냐고 했다. 하는 수 없이 제자리에 앉아 있던 지인들이 갑자기 탄성을 질렀다. 눈이 안 보이는 나는 영문을 몰랐다. 곁에 앉은 지인에게 왜 그러느냐고 물었다. 이유는 시인이 테이블에 올려놓은 커피 잔 때문이었다. 지인들의 탄성이 이내 감상평으로 이어졌다.

    "커다란 나뭇잎을 동그랗게 말아서 만든 듯한 그 모양이 예술이다."

    "벼루 모양으로 만든 받침대가 커피 잔과 어우러진 모양이 앙상블이다."

    "청자처럼 푸르스름한 빛이 그야말로 예술이다."

    지인들 말을 들으며 나도 손끝으로 더듬어 보았다. 정말로 뛰어난 예술 작품 같았다. 아니, 같은 것이 아니라 그냥 예술작품이 맞았다. 시인 말이 교도소 강연 때 선물로 받

은 거라 했다. 실제 교도소 안에서 재소자들이 만든 거라
했다. 도자기 기능대회 출품을 위해 만든 거라 했다. 그러
나 혼자 차를 마실 땐 쓰지 않는 커피 잔이라고 했다. 귀한
손님들이어서 예의를 갖추는 거라 했다. 시인의 말을 들은
지인들도 대접받는 것 같아서 기분이 좋다고 했다. 그사이
커피포트에서 물 끓는 소리가 들렸다. 잠시 뒤 내 앞에 그
멋진 커피 잔이 놓였다. 나는 특이한 모양의 손잡이를 잡
고 뜨거운 커피 한 모금을 마셨다. 그리고 자연스럽게 받
침대를 멀찌감치 밀어놓고 테이블 위에 커피 잔을 내려놓
았다. 그 모습을 본 시인이 의아한 목소리로 내게 물었다.

"여보게! 그 예술 작품이 마음에 안 드시나?"

나는 예측 못 한 질문에 얼른 과한 목소리로 그게 아니
라고 했다. 이내 얼버무리듯 무슨 커피인지 몰라도 커피가
참 구수하고 맛있다고 했다. 일순 상상 못 한 동문서답이
었던 모양이었다. 시인은 물론이고 지인들도 한바탕 웃음
을 터뜨렸다. 그 사이 시인이 받침대를 내 앞에 가져다 놓
고 내 커피 잔을 받침대 위에 공손히 올려주었다. 순간 이
제라도 말을 할까 말까 고민했고 지인들은 무심히 대화의
화제를 다른 쪽으로 돌렸다.

나는 애초에 대답을 제대로 해야 했다. 귀찮아도 설명해
야 했다. 커피 받침대에서 잔을 들어 올린 뒤 커피 잔을 다
시 받침대에 내려놓을 때 몹시 난감하다고 이야기해야 했
다. 보이지 않는 두 눈 때문에 받침대의 정중앙을 알 수가
없어서 어쩔 수 없이 한 손으로 바닥을 더듬거리며 내려놓

아야 한다고 말해야 했다. 그때 균형 잃은 잔이 받침대에 부딪히는 소리가 날카롭게 번질 때마다 불안하다고 말해야 했다. 문제는 뜨거운 커피를 어떻게 한 모금에 비울 수 있는가? 계속 들고 있자니 달아오른 잔에 닿은 손이 뜨겁고 수평을 잃을까 봐 힘을 잔뜩 준 손가락이 불편하다고 말해야 했다. 뜨거울 때는 어쩔 수 없이 다시 내려놓아야 하고 제대로 내려놓기가 영 자신이 없어서 받침대를 멀찍 감치 치우고 테이블에 내려놓는 거라고 말해야 했다. 그러나 그런 말을 꼭 해야 하나? 그냥 넘어가야 하나? 생각하다가 나는 엉뚱한 말을 하고 말았다. 내 설명을 듣지 못한 시인이 내 사정을 어떻게 알 것인가? 내 사정을 모르는 시인은 당연히 다른 사람들처럼 받침대를 사용할 수 있게 커피 잔을 공손히 올려놓아 준 거였다. 친절을 베푼 거였다. 그러나 그때라도 나는 말해야 했다. 좋은 분위기에 찬물을 끼얹는 듯한 썰렁한 말이지만 그래도 해야 했다. 평소에 못 한 말을 다시 끄집어내어 정확히 말해야 했다. 너무 뜨거운 나머지 커피 잔을 내려놓다가 엎기 전에 말해야 했다. 애초에 커다란 머그잔을 달라고 말해야 했다. 반드시 받침대가 없는 잔을 달라고 말해야 했다. 쏟아진 커피가 테이블을 적시고 시인과 지인들 바지를 적시기 전에 말해야 했다. 소중한 커피 잔이 바닥에 떨어져 깨지기 전에 말해야 했다. 나 때문에 마음들이 상하기 전에 말해야 했다.

내가 저지른 사고에 나는 얼굴이 붉어졌다. 심장이 두근반세근반 뛰었다. 그러나 나만 그런 것이 아니었다. 모두 안절부절 못했다. 와중에 나를 제일 걱정하는 시인에게 정말 미안했다. 그러나 이미 저질러진 일이었다. 후회는 아무리 빨라도 늦은 일이었다. 사실 음식은 눈으로도 먹는다는 말이 있다. 그릇이든 접시이든 찻잔이든 거기에 술잔까지 누군들 예쁜 디자인을 싫어할까? 나도 좋아한다. 그러나 자꾸 다른 사람들에게 피해를 주니까 내 커피 잔은 언제부터인가 머그잔이 되었다. 커피 취향도 물처럼 마시는 실용주의자가 되었다. 잔을 포함한 모든 그릇에 액체가 담겨 있을 때 나는 수평을 유지하기 힘들다. 기울어진 용기 때문에 액체가 쏟아지기 일쑤다. 내가 두 눈을 잃어갈 초기에는 대단히 심했다. 그릇들과 갖가지 병들 그리고 잔들까지 내 손에 깨지는 일이 다반사였다. 그 모습을 본 가까운 친구들은 내 앞에 위험한 것을 놓지 않는다. 친구들뿐만이 아니다. 내 사정을 아는 사람들은 되도록 뜨거운 그릇을 내게 권하지 않는다. 들기 불편한 커피 잔도 권하지 않는다. 나는 친구들에게 늘 일부러 말했다.

"얕은 그릇보다 좀 깊이가 있는 그릇을 달라."

"찌그러진 모양이나 각진 그릇보다 동그란 그릇을 달라."

"받침대가 있는 우아한 커피 잔보다 머그잔을 달라."

"손잡이도 작은 것보다 좀 큰 것으로 달라."

그때쯤 내 커피의 농도가 바뀌기 시작한 것 같다. 친구들과 만나면 내 커피 잔은 언제나 커다란 머그잔이었다. 진하게 먹던 커피 취향도 완전히 변했다. 설탕도 크림도 넣지 않는 연한 커피가 되었다. 한때는 커피 잔으로 가지고 다니던 머그잔 때문이었을까? 커피를 무진장 좋아하는 사람으로 정평이 나기 시작했다. 그건 또 하나의 새로운 오해로 굳어 갔다. 실용을 위해 선택한 머그잔이 만든 오해였다. 어쩌겠는가. 모든 오해가 그리 기분 나쁜 일만은 아니었다. 내 머그잔에 따뜻한 커피양은 점점 더 늘어갔다. 구수한 향기를 뿜는 숭늉이 되어 갔다. 그러나 나는 이와 같은 말을 하지 못했다. 완전히 방심했다. 장롱 속에서 커피 잔이 나올 것을 예상 못 했다. 지인들의 시선을 단숨에 압도한 커피 잔이 나올 것을 예상 못 했다. 나를 아무생각 없게 만들어버린 예술 작품이 나올 줄 몰랐다. 재소자들이 재활을 꿈꾸며 만든 예술 작품이 나올 줄 꿈에도 몰랐다. 내가 파르스름한 생기가 도는 그 커피 잔을 깨뜨릴 줄 몰랐다.

제
자
리

    어제 보냈어야 할 메일을 보내야 한다. 컴퓨터를 켜고
인터넷 익스플로러를 연다. 네트워크 오류가 자꾸 뜬다.
마음이 급해진다. 살펴보니 인터넷이 고장이다. 빨리 A/S
를 불러야 한다. 손전화기를 찾는다. 그런데 이상하다. 분
명히 책상 위에 있어야 할 손전화기가 없다. 방바닥을 더
듬어도 없다. 부엌 쪽으로 간다. 식탁 위에도 없고 싱크대
위에도 없다. 어제 외출 때 입었던 옷 주머니에도 없다. 도
대체 어디로 간 걸까? 설마 화장실에 두었을까? 그러나 거
기에도 없다. 마음이 답답해진다. 점점 참담해진다. 통신
두절 상태가 섬이다. 집안이 무인도다. 완전한 고립이다.
하는 수 없다. 옆집에 도움을 청해야 한다. 늘 계시던 옆집
할머니가 없다. 오랜만에 외출을 하신 모양이다. 이리 뛰
고 저리 뛰어도 방법이 없다. 이제 마지막 수단을 발동해
야 한다. 경비실로 인터폰을 한다. 자초지종을 들려 드린
다. 잠시 뒤 경비아저씨가 초인종을 누른다. 얼마나 고마
운지 눈물이 다 날 지경이다. 오! 나의 구세주 경비아저씨
지혜롭기까지 하다. 대뜸 내 전화번호를 묻는다. 그냥 아

저씨께 넙죽 엎드려 알려드리면 될 일이다. 그러나 나는 얼이 반의 반쯤은 나간 상태 아니던가? 내 전화번호를 왜 묻느냐고 의아한 표정으로 되묻는다. 그래도 완전히 얼이 빠진 것은 아니어서 아저씨께 되물으며 내 전화번호를 묻는 이유를 눈치챈다. 아저씨 손전화기에 내 전화번호를 누른 뒤 전화를 건다. 딱 1초 뒤였다.

"찌르르르르 찌르르르르 찌르르르르 "

반갑고도 반가운 내 손전화기 벨 소리가 들린다. 달팽이 관을 활짝 열고 벨 소리 쪽으로 걸음을 향한다. 안방 침대 쪽이다. 이불을 걷는다. 없다. 벨 소리에 더 집중해 본다. 침대 머리맡 밑에 떨어져 있다. 더듬더듬 손을 뻗는다. 드디어 손전화기가 내 손에 잡힌다. 오늘의 구세주 경비아저씨 커피 한 잔 부드럽게 사양하시고 유유히 현관문을 나선다.

언제나 제자리에 놓던 손전화기를 왜 침대에 두고 잤던가? 한두 번 혼이 난 것도 아닌데 말이다. 그래도 전원이 켜진 손전화기처럼 소리가 날 때는 찾을 수 있다. 그러나 손전화기의 전원이 꺼져 있다면 찾을 방법이 없다. 항상 두던 곳에 두는 수밖에 없다. 생활에 꼭 필요한 물건도 마찬가지다. 스스로 소리를 내지 않으면 찾을 길이 없다. 이쩔 수 없다. 물건들이 놓여 있는 자리를 다 외워야 한다. 그런데도 늘 이 손전화기가 말썽이다. 아니지 손전화기를 누가 들고 다니는가? 문제는 그래 당연히 나다. 생활용품들처럼 잘 지키면 된다. 있어야 할 곳에 정확히 두는 원칙

말이다. 어느 물건 하나조차 중요하지 않은 것이 없다. 정위치를 지키지 않으면 곧바로 사고다. 손전화기를 잃어버린 것처럼 낭패를 보기 일쑤다. 눈이 한창 아팠을 때였다. 몹쓸 안압이 뛰기 시작했다. 갑자기 오른 안압 탓에 통증이 심했다. 그런데 약을 어디에 두었는지 알 수 없었다. 밤새 통증에 시달렸다. 아주 학을 뗀 그 날 이후 상비약이 있어야 할 제자리를 정했다. 약뿐이 아니다. 모든 물건을 어디에 두었는지 머릿속에 담았다. 냉장고 속의 반찬들도 옷장 속의 옷들도 서랍 속의 물건들도 그랬다.

　이런 내 사정을 누가 알까? 아니지. 이건 내 사정이고 굳이 알아야 할 이유가 있을까? 누구나 생활 습관은 있고 다 그렇게 사는 것 아닐까? 사는 게 다 비슷비슷하지 않을까? 그러나 말 나온 김에 속사정 한 마디만 꼭 하고 싶다. 어느 날 집에 들른 지인이 집 안 청소를 해준 때가 있다. 안 보이는 눈으로 쓸고 닦는 일이 쉽지 않아서 늘 지저분한 집으로 생각하면 곤란하다. 딱 그날 그러니까 그날 하루 약간 지저분한 날이었다. 거짓말 아니다. 그날 내가 창피해할까 봐 지인은 조용히 청소해놓고 갔다. 그것이 문제였다. 나는 놓인 물건들 위치를 바꾸면 곤란하다. 그냥 놓인 물건들이 아니다. 그 자리에 놓고 몇 번이고 외운 물건이다. 보이는 입장에서 무질서하고 어수선하게 보일 수 있다. 그러나 생활 습관을 고려하여 꼭 있어야 할 제자리에 있다. 저마다 치밀한 디스플레이다. 내 말에 토라지지 마시라. 고맙다는 말도 아니고 무슨 요구가 그리 많냐고 관심을 거두지 마시라. 나를 도와주는 선행을 포기하지 마시라. 절대 청소를 도와주지 말라는 말이 아니다. 계속 찾고 찾아서 나를 벅차게 도와주시면 된다. 다만 아주 작은 바람은 변함없는 당신의 예쁜 마음처럼 물건들을 제자리에 놓아 주기만 하면 된다.

불편의 힘

보이지 않는 눈 때문에 불편한 일이 많다. 물론 크게 불편한 일들이야 정안인들의 도움을 받으며 살긴 하지만 사소한 일들은 정안인들도 어떻게 할 수 없다. 가령 샤워하거나 머리를 감을 때이다. 샴푸통보다 늘 린스통이 먼저 잡힌다. 그래서 잠깐 동작을 멈추고 애초에 잡으려던 순서를 바꾼다. 그러나 결과는 또 틀리고 만다. 다음에는 생각한 그대로 잡는다. 그래도 결과는 마찬가지이다. 정말 이상하다. 확률은 50%이다. 그런데도 매번 어떻게 틀릴 수 있을까? 논리적으로 설명이 안 되는 내 체험은 부분적으로 불가사의이다. 원인도 모를 염증으로 두 눈을 잃은 희소병도 그렇다. 어쩌겠는가? 혼자 할 수 있게 방법을 모색해야 했다. 문제 해결을 위해 다른 모양의 통을 마련했다. 그날 이후 머리를 감을 때 겪었던 불편이 사라졌다. 그런데 또 문제가 생겼다. 어느 통이 샴푸통이고 린스통이었는지 모양을 잊어버렸다. 내 말을 들은 내 친구는 그냥 샴푸만 쓰라고 했다. 그러나 나는 포기할 수 없었다. 샴푸통과 린스통을 정확히 외웠다. 뿐만이 아니었다. 나는 외워야 할 것이 많았다. 싱크대 선반 속에 양념통들, 냉장실 속에 각종 반찬통, 냉동고 속에 얼려놓은 음식통들, 책상 속에 물건이 담긴 여러 모양의 상자들, 서랍 속에 각종 생활용품 그 외에도 베란다와 신발장에 들어찬 많은 통과 상자 속 내용물을 외워야 했다. 거기에서 멈출 수 없었다. 옷장 속에 걸린 옷들과 그 색상들도 외워야 했다. 손끝으로 더듬어서 느껴지는 옷감의 재질도 기억해야 했다. 때로는 기억이 지워질까 봐 복습도 필요했다. 어디 긴 여행이라도 다녀오면 부분적으로 까마득한 기억이 되곤 했다. 도리가 없다. 다시 하나하나 여닫아가며 생각을 정리 · 정돈해야 했다.

눈을 멀기 전 만난 사람들은 그나마 다행이지만 시각장애 이후 만난 사람도 외울 것이 정말 많다. 어디에서 무슨 인연으로 만나게 되었는지 메모를 하고 외워야 한다. 자주 만나는 사람이라면 꼭 그럴 필요는 없다. 그러나 중요한 사람이고 자주 만나는 사람이 아니라면 메모 뒤 외워야 하는 것이 필수이다. 사람들을 만나는 것도 실생활에 필요한 것을 외워야 하는 것과 마찬가지이다. 명함을 주고받지 않는다면 목소리만 듣고 그 이름을 외워야 한다. 단박에 외워야 한다. 몇 번을 되묻기가 곤란하다. 예의도 아닌 것 같고 괜스레 미안해지기 때문이다. 간혹 약속 일자와 시간도 외워야 한다. 전화 통화로 잡는 약속이야 천천히 메모하고 정리할 시간이 충분하지만 현장 약속은 치밀하게 묻고 또 물어서라도 정확히 외워야 한다. 때로는 꼭 필요한 전화번호도 외워야 한다. 두 눈을 잃고 그야말로 머릿속이 쉴 틈이 없다. 과부하가 걸린 듯 아프고 어지러운 날도 있다. 그러나 좋은 점도 있다. 보이지 않기 때문에 늘 생각이 열려 있다. 머리가 그리 좋은 편이 아니다. 그런데도 요즘 똑똑하다는 말을 자주 듣는다. 사실 두 눈 잃고 내 암기력이 좋아지는 것을 느낀다. 자랑이 아니다. 누구나 안 쓰던 감각을 많이 쓰면 좋아진다. 안락한 몸이 꼭 좋은 것이 아니다. 보이지 않는 불편한 힘이 몸의 다양한 감각을 발달시킨다. 편리한 생활을 멀리할수록 몸의 감각들이 섬세하게 살아난다. 소멸하는 감각들을 살리기 위해 내 삶이 조금은 불편해도 괜찮다. 두 눈을 잃고 분명히 알았다. 시력은 얼굴과 이름을 하나의 이미지로 인식한다. 그러나 나는 목소리와 이름을 하나의 이미지로 인식한다. 시력보다 당연히 인식의 속도가 느리다. 그래도 괜찮다. 인식할 수 있는 속도의 차이일 뿐 감각은 분명한 감각이다. 게다가 다행인 것은 정안인들이 똑같은 목소리로 판명해도 자세히 들어보면 미세하게 다르다. 그 미세함을 알 수 있게 하는 청각적 힘의 원천이 시각장애이다.

사람들은 가끔 내게 이런 장난을 건다. 목소리를 들려주고 내가 누군지 맞춰보라고 한다. 그 정도는 약과다. 간혹 손을 내밀고 촉각으로 자기가 누군지 맞춰보라고 할 때도 있다. 대부분 친한 사이이어서 장난을 친다는 것을 잘 안다. 그래서 나보다 윗사람 같으면 일부러 이렇게 받아치곤 한다.

"너 누구냐?"

"얼굴이 그게 뭐냐?"

"어디 많이 아프냐?"

친구나 동생일 때는 이런 말로 대처하곤 한다.

"얼굴이 반쪽이 다 됐네."

"헤어스타일 참 좋다."

어떤 자리든 매 상황 때마다 한바탕 웃음꽃이 피면서 화기애애해진다. 그러나 친한 사이가 아직 아닌 사람들이 장난을 걸어올 땐 난감해진다. 사실 한 번 만나서 나눈 인사로는 대뜸 목소리와 그 이름이 외워지지 않는다. 기억이 가물가물할 때는 옆 사람에게 도움을 청하곤 한다. 당사자가 눈치채지 않게 최대한 조심스럽게 해야 한다. 혹 기분이라도 상하게 하면 안 되기 때문이다. 중도 실명한 나로서는 여러 감각 능력을 더 키워야 한다. 따지고 보면 소리를 보는 지금의 감각도 시력을 잃은 뒤 얻은 감각이긴 하다. 정확한 출처를 모르겠으나 이가 없으면 잇몸으로 씹으면 된다는 말에 이가 없으면 틀니를 껴야 한다는 유머를 들은 적이 있다. 유머는 유머일 뿐 유머를 진지하게 해석하면 곤란하지만 틀니든 잇몸이든 중요한 건 씹어야 산다. 그렇듯 시각 외 다른 감각을 키워야 한다. 이것이 중도 장애인이 만난 현실이다. 어쩌겠는가? 불편한 생활이 새로운 활력이 될 때까지 적응해야 한다. 갑자기 닥쳐온 장애를 부정한다고 종전의 삶으로 되돌아갈 수 없다. 세상은 어쩔 수 없는 불가항력이 너무도 많다. 그러나 불편을 새로운 활력으로 만들 수 있는 능력이 내게 있다. 천천히 아주 천천히 가도 괜찮다. 감각의 우수함은 반드시 속도만이 아니다. 공유할 감정의 디테일이 애틋한 연민을 만든다.
예리한 사회적 편견을 무디게 만든다. 함께 사는 우리의
아름다운 행복을 만든다.

끊어진 길

　연말이면 멀쩡한 보도블록을 교체하는 일이 많다. 서둘러 치르지 않으면 절대 안 될 연례행사 같다. 언론에 의하면 보도블록 교체 이유가 남은 예산 강제 소진이라 한다. 돈이 남으면 내년 예산 삭감의 요인이 되기 때문이라 한다. 보도블록 교체 뉴스를 들어보면 얼마나 어이없고 한심한가? 정말 할 말이 많다. 그러나 오늘은 잠시 미뤄두고 보도블록 설치에 얽힌 이야기를 다루려 한다. 흔히 보도블록은 익숙한 단어이다. 그러나 유도블록은 생소한 단어이다. 물론 유도블록의 용도를 잘 아는 사람도 있겠다. 그 사람들은 장애인 관련 직업에 종사 중이거나 장애인 가족일 경우가 많다. 길을 걷다가 보도블록 중에 돋을새김한 보도블록을 한 번쯤은 보았을 것이다. 그것이 바로 시각장애인들을 위한 유도블록이다. 사람들은 돋을새김한 보도블록을 수없이 밟는다. 그러나 그 돋을새김이 시각장애인들의 길이라는 것을 아는 사람은 드물다. 내가 자주 만나는 지인이 말한 사실이다. 돋을새김한 유도블록이 특이해서 곰곰이 생각했다 한다. 눈길이나 빗길을 위한 블록인가? 그러니까 미끄럼을 방지하기 위한 블록인가? 건강을 위한 발바닥 지압용 블록인가? 그도 저도 아니면 밋밋한 보도블록에 디자인 한 블록인가? 지인의 여러 가지 상상력은 좋았다. 그러나 정답을 찾지 못했다. 하물며 시각장애인과 친한 지인이 유도블록을 모르는데 많은 사람이 유도블록을 모르는 것이 당연할지 모른다. 그래서 나는 자주 유도블록을 이야기한다. 아주 적은 기회만 주어져도 놓치지 않는다. 별다른 방법이 없다. 유도블록이 시각장애인의 길이라는 것을 널리 알려야 한다.

예산소진을 위해 연말마다 곳곳에서 보도블록을 교체할 때였다. 공사를 마치고 나면 시각장애인의 길이 사라지거나 길이 뚝, 뚝, 잘려져 있었다. 이유는 간단했다. 보도블록을 교체하는 사람들이 유도블록을 모르기 때문이었다. 시각장애인인 나와 친한 지인조차 몰랐던 것처럼 그냥 보도블록으로 인식했을 것이다. 분명 사무 행정 담당자는 유도블록을 알고 있었다. 보도블록과 유도블록의 사용량을 환산하여 발주했다. 그렇게 하지 않고서야 어떻게 현장에 일정량의 유도블록이 있었겠는가? 설치를 마친 뒤 시각장애인의 길이 뚝, 뚝, 끊어져 있어서 그렇지 유도블록이 드문드문 박혀 있었다. 유도블록이 제대로 설치되지 않은 이유는 간단하다. 보도블록을 설치하는 것이 설계도가 있는 것도 아니다. 장애인 이동에 대한 전문가들이 맡아서 처리하는 일도 아니다. 그러나 현장에서 벌어진 결과를 보면 생각이 달라진다. 보도블록 설치를 쉽게 생각하면 곤란하다. 아무렇게 설치할 일이 아니다. 장애인 이동에 대한 전문가의 의견이 필요한 일이다. 직무 담당자가 자재를 발주한 일이 헛수고 한 것이 되어서야 하겠는가? 그래도 지금은 조금 나아진 것 같다. 유도블록이 안정적으로 설치된 길이 많아졌다. 게다가 연말마다 보도블록을 까뒤집는 일이 많이 줄었다. 세금 낭비가 줄었으니 다행이다. 그건 그렇고 애초에 보도블록을 설치할 때 면밀히 살펴야 한다. 유도블록만 한 줄로 이어서 놓아야 한다. 절대 끊어지면 안 된다. 횡단보도나 길이 꺾일 때는 유도블록으로 반드시 시각장애인들이 인지할 수 있게 해야 한다. 이런 내용은 장애인 이동에 대한 전문가의 도움이 없이는 알 수 없지 않은가?

지하철에도 곳곳에 유도블록이 있다. 그곳은 장애인 이동에 대한 전문가의 조언을 받은 걸까? 보도블록처럼 끊어진 길을 찾기 힘들다. 얼마나 다행스러운 일인가? 그러나 있되 있지 않은 경우가 있다. 사람들이 그 유도블록을 모르면 무용지물이다. 내가 지하철에서 가끔 겪는다. 유도블록은 직진이다. 길이 나뉘는 곳에서는 직각으로 꺾인다. 말하자면 전반적으로 직각 보행인데 외길처럼 쭉 걷다가 보면 좌·우측으로 두 길이 나뉘는 지점이 나온다. 한쪽은 지하철 개찰구이고 한쪽은 화장실이라고 치자. 아무 쪽이든 90도를 꺾어서 가고자 하는 길로 간다. 그런데 유도블록을 밟으며 걷다 보면 사람들과 마주하게 된다. 그 사람은 눈으로 보며 길을 가는 것이고 나는 발바닥으로 길을 보며 가는 거다. 이러한 사실을 아는 사람은 유도블록을 아는 사람이고 백이면 백 다 길을 비켜준다. 양보한다는 말이다. 그러나 유도블록을 모르는 사람은 인상을 쓸 것이다. 시각장애인을 위해 만든 길을 막고 있는 사람이 자신이라는 것을 모르니까 그럴 수 있다. 아는 사람들은 절대 그러지 않는다. 그러니까 내가 기회가 있을 때마다 입에 거품을 물고 유도블록을 설명하는 것이다. 그래도 다행이다. 요즘은 흰 지팡이를 짚고 길을 걷다 보면 친절하게 비켜주는 사람이 많다. 그러나 시각장애인이 편안히 걸어갈 수 있도록 해주기 위해서는 유도블록을 시각장애인에게 비켜주어야 한다. 간혹 시각장애인을 위해 길을 비켜주며 유도블록을 밟고 있는 경우가 있다. 친절을 베풀었지만 시각장애인이 걸어가야 할 길을 막아선 것이다. 그 정도는 약과다. 사실 더 큰 일은 큰길은 그나마 예전보다 많이 좋아졌지만 아예 유도블록이 없는 소방도로나 인도가 좁은 길에는 끊어진 유도블록이 여전히 많다. 그때는 막다른 골목길에서 콘크리트 벽을 만나는 것 같다. 만약 아무에게도 도움을 받을 수 없을 땐 낭떠러지를 만나는 것 같다.

도대체 어디로 가야 하나? 한발짝 한발짝 걸음을 내디딜 때마다 등에서는 식은땀이 송골송골 맺힌다. 긴장한 몸은 사물들이나 사람과 가볍게 부딪혀도 중심을 잃는다. 넘어지기 쉽다. 넘어지지 않더라도 방향 감각이 헷갈리며 참담해진다. 유도블록을 설치할 때 신경 써야 할 것이 또 있다. 시각장애인은 얼굴 부위에 상처가 많이 생긴다.

좌·우측을 휘저으며 걷는 흰 지팡이는 하반신이 부딪히는 것을 막아주지만 가슴 높이 이상의 충돌에는 무방비 상태이다. 늘어진 가로수의 나뭇가지나 얼굴 높이만큼 설치된 피조물에 부딪히는 건 대책이 없다. 자동차 문을 열면 문짝 상단 모서리가 흉기다. 특히 앞문이 더 위험하다. 그 뾰족한 모서리를 시각장애인 손을 잡고 직접 잡게 해주어야 한다. 거기 부딪히면 무조건 얼굴이다. 큰일이 난다. 내가 부딪혀 봐서 안다. 입술이 터져 봐서 안다. 이제는 부딪히는 것에 대해 이골이 났지만 중도 실명 초기엔 견디기 힘든 통증이었다. 위와 아래를 골고루 살피면서 걸어야 할 사람들이 시각장애인들이다. 제대로 설치된 유도블록을 이용해서 자유롭게 다닐 때가 언제일까? 얼굴이나 상체를 부딪히지 않고 걸어 다닐 때가 언제일까? 그래도 정말 다행이다. 요즘은 사람들이 친절하다. 장애인에 대한 편견이 많이 사라졌다. 끊어진 유도블록이 이어지는 것처럼 새로운 길이 이어지는 징후다. 따스한 마음과 마음도 아름답게 이어지는 징후다. 배려하려는 생각과 생각의 길이 빠르게 펼쳐지고 있다. 참으로 고마운 일이다. 마음의 유도블록 거기서부터 공동체의 길이 펼쳐지는 계기가 되었으면 정말 좋겠다.

10 센티미터의 낭떠러지

두 눈을 감고 길을 걸어 보면 안다. 마음은 분명히 정면을 향해 가는데 몸의 균형이 한쪽으로 기울고 만다. 이유인즉 사물을 미리 볼 수 없는 두 눈 탓에 작동하지 않는 중추신경 때문이다. 중추신경은 좌우 균형을 잡아주는 것은 물론 바닥의 높낮이를 보고 몸의 균형을 미리 잡을 수 있게 한다. 불이 꺼진 캄캄한 계단을 내려간다고 치자. 마지막 계단을 다 내려왔다고 치자. 그런데 계단 하나가 더 남아 있어서 헛발을 딛었다고 치자. 높은 허공에서 떨어진 느낌이 들 것이다. 더 중요한 것은 발이 바닥에 닿는 순간 뒷목이 뻐근해질 것이다. 머리카락이 쭈뼛쭈뼛 설 것이다. 척추가 찌릿할 것이다. 일순 등에 식은땀이 맺힐 것이다. 높은 계단이어서 그럴 것이라는 생각은 착각이다. 어쩔 땐 10센티미터에서도 균형은 무너지고 만다. 중심이 무너지는 건 절대적 높이가 아니다. 두 눈을 멀고 알았다. 가고자 하는 길은 늘 휘어 있다. 더구나 높고 낮은 턱들이 정말 많다. 걸을 때마다 발목이 턱턱 걸려서 턱이다. 중심을 무너뜨려서 턱이다. 턱은 휠체어 장애우들에게도 대단한 벽이다. 보고도 어찌할 수 없는 벽이다. 나는 유도블록이 끊어진 길과 그 턱을 절벽이라고 부른다. 오늘도 휠체어 장애인 내 친구와 절벽을 만났다. 친구와 점심을 먹기 위해 식당을 찾아 간 것이다. 어쩔 수 없이 친구가 타고 있는 휠체어를 계단 위로 옮겨주다가 나는 10센티미터가 조금 넘을 것 같은 낭떠러지에서 중심을 잃고 떨어졌다. 삐끗해서 아픈 발목을 부여잡고 나는 잠시 땅바닥에 주저앉았다. 친구는 연방 괜찮냐고 물었다. 나는 내친 김에 좀 쉬어 가자고 대답한 뒤 계단에 걸터앉은 체 코가 깨진 신발을 어루만지며 살아온 날들을 생각했다. 온통 절벽이었다. 어차피 절벽이 몽땅 사라질 그런 세상은 오지 않는다. 내가 여태껏 절벽을 오르고 내려간 만큼 더 걸을 일이다. 균형이 무너져도 다시 일어나 걸을 일이다. 그것이 모든 사람이 걸어낼 삶이다. 우리 걸음뿐만이 아니다. 명백한 사실을 인정하지 않으면 스스로 감옥이다. 자유는 내 걸음에서 시작되고 완성 된다. 또 일어나 걷자. 뚜벅뚜벅 걷자. 천천히 조심조심 그러나 쉬지 않고 걷자. 이것이 우리가 기꺼이 걸어내야 할 즐거운 스텝이니까….

내 커피의
적당한 농도는 30도

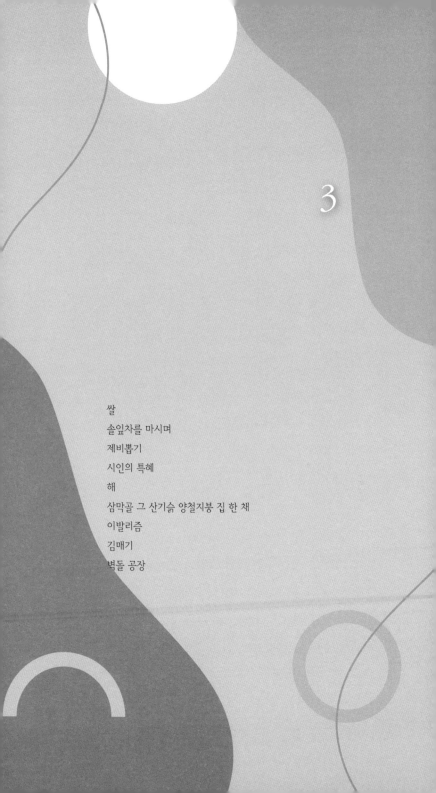

3

쌀

솔잎차를 마시며

제비뽑기

시인의 특혜

해

삼막골 그 산기슭 양철지붕 집 한 채

이발리즘

김매기

벽돌 공장

쌀

손전화기가 울렸다. 수신구 너머에서 익숙한 목소리가 들렸다. 모 계간지 편집장이었다. 원고를 보내 달라고 했다. 나는 그렇게 하겠다고 했다. 모처럼 연결된 통화여서 안부도 묻고 여러 이야기를 나눴다. 그런데 통화 말미에 재밌는 이야기를 했다. 쌀 한 포대를 원고료로 보낸다고 했다. 농약을 쓰지 않은 친환경 쌀이라고 했다. 쌀벌레가 생길 수 있으니 되도록 찬 곳에 보관하라고 했다. 나는 웃으며 알았다고 대답했다.

속으로는 농담인 줄 알았다. 통화를 잊을 만큼 날짜가 많이 흐른 어느 날이었다. 영문 모를 택배 아저씨가 초인종을 눌렀다. 편집장의 말은 농담이 아니었다. 정말 쌀 한 포대가 왔다. 나는 잘 보관하라는 편집장의 말을 다시 떠올렸다. 쌀을 냉장실 채소 칸에 넣어 두었다. 생전 처음 원고료 대신 받은 쌀이어서일까? 밥을 먹을 때 활자를 씹는 상상을 했다. 밥에 대한 경건함을 떠올리듯 고개 숙인 벼 이삭을 상상했다.

친환경 쌀이어서일까? 밥알은 씹을수록 입안 가득 단맛이 돌았다. 편집장 말처럼 수시로 쌀벌레가 생길까 염려되었다. 그때마다 쌀을 보살폈다. 쌀 한 포대가 약 반이 비워질 때쯤이었다. 밥하는 것이 귀찮아서 끼니를 제대로 챙겨 먹지 않았던 습관이 바뀌었다. 밥맛을 찾은 만큼 냉장고 속 쌀은 빨리 줄었다. 다음 원고료로 받을 쌀이 오기 전에 쌀통은 바닥을 드러내기 시작했다.

쌀이 완전히 바닥이 날 때쯤이었다. 자주 아프던 속이 썩 좋아졌음을 느꼈다. 종전과는 달리 긴 시간 책상에 앉아 있어도 버틸 수가 있었다. 글쓰기도 강한 체력이 필요한 농사다. 농부처럼 활자를 심는 농사다. 통통한 쌀알 같은 활자가 문장이 되는 농사다. 잘 익은 벼 이삭 같은 문장들이 작품이 되는 농사다. 뜨끈뜨끈한 밥을 짓는 농사다. 누군가를 위해 밥상을 차리는 농사다. 끼니를 잇듯 쉬지 않는 친환경 글쓰기 농사다. 해맑은 호흡과 건강한 정신이 중요하다.

친환경 쌀처럼 내 글에도 농약을 치지 말아야겠다. 한 글자 한 글자가 우주를 품은 쌀알 같은 문장이 되어야겠다. 자연 속에서 깨어나는 아침의 문맥이 되어야겠다. 신선도를 위해 내가 보살핀 쌀처럼 내 몸에도 싱싱한 사랑을 줘야겠다. 내가 내게 소홀하면 정신에 벌레가 생기겠다. 곱씹을수록 맛있는 글을 수확하기 위해 나를 살펴야겠다. 튼튼한 몸으로 친환경 무농약 농사법을 익혀야겠다. 활자

들이 밥 냄새를 풍기는 고봉밥 같은 따뜻한 작품을 지어야
겠다. 노릇노릇 잘 익은 누룽지처럼 고소한 냄새를 풍기는
작품을 차려야겠다.

솔잎차를 마시며

1년 남짓 외국에서 생활하던 딸아이가 돌아왔다. 시차나 여독 탓일 거다. 그게 아니면 오랜만에 집에 돌아온 안락함 탓일 거다. 딸아이는 며칠 동안 일찍 자고 늦게 일어났다. 실면증에 시달리는 내가 무척 부러워하는 긴 잠을 잤다. 몸은 기억하는가 보다. 그리움의 지점을 기억하는가 보다. 외국에서는 줄곧 편안한 잠을 이루지 못했다고 한다. 집이 그리웠다고 한다. 그러나 목적한 바가 있어 빨리 돌아올 수 없었다고 한다. 곤히 잠든 아이 모습을 보며 갑자기 생각났다. 사람에게 정처는 무엇인가. 그저 생활을 꾸리고 사는 곳이 정처인가. 마음이 머문 곳이 정처인가. 누구나 그러한가. 그럼 내 정처는 과연 어디인가. 이러저러한 생각을 정리해 볼 요량으로 컴퓨터를 켰다. 쉽게 쓸 것 같았던 글은 생각보다 진전이 없었다. 그러나 기왕에 시작한 글이니 꾸역꾸역 문장을 밀고 나갈 때였다. 오늘은 어제보다 더 늦잠을 자던 딸아이가 일어나자마자 인사조로 한마디 한다.

"아빠! 차 한 잔 드릴까요?"

사실 글문도 제대로 안 열렸고 글맥도 이어지지 않아서 때마침 쉬어가도 될 딱 좋은 딸아이의 인사였다. 나는 만족도 높은 하이톤으로 고맙다는 대답을 한다. 잠시 후 가스레인지 위 주전자에서 물 끓는 소리 들린다. 싱크대 서랍 열리는 소리 들린다. 식탁 위에 머그잔 놓는 소리 들린다. 머그잔 속으로 뜨거운 물 떨어지는 소리 들린다. 내 책상 곁으로 다가오는 딸아이 발소리 들린다. 글쓰기를 완전히 멈추고 나는 머그잔을 받아든다. 코끝으로 차향을 맡아본다. 나는 스르르 의자에서 일어나 베란다로 나간다. 빠끔히 열린 창문을 활짝 연다. 가을볕 따닥이는 작은 테이블 앞 의자에 앉는다. 잠시 내려놓은 머그잔을 들고 솔잎차를 마신다. 따뜻한 온기가 입안에 번진다. 한 모금 한 모금 삼킬 때마다 짭조름한 기억들이 스멀스멀 피어오른다.

한때는 나의 정처였던 내 고향 초구, 그곳은 해발은 그리 높지 않으나 뒷산에 오르면 발아래 금빛 모래밭이 펼쳐진 바다가 보인다. 동해안 어느 해수욕장보다 넓은 모래밭을 가진 망상해수욕장이다. 모래가 곱고 긴 해변 때문에 한여름엔 인파가 가득하다. 새삼 말해서 무엇하겠는가만 일출 또한 장관이다. 순식간에 핏물이 번지듯 푸른 바다가 붉게 물드는 것이 동해의 일출이 아니던가. 하나의 해안선으로 이어진 동쪽 바닷가 마을들에는 비슷한 문화적 특징이 많다. 그 가운데 가장 중심은 푸른 바다 맑은 물빛과 태백산맥이 해안선을 마주 보고 있는 생활이다. 마치 산과 바다가 서로 숟가락질해 주던 그 시절이 생각난다.

술잔 속의 얼굴들

빌딩 숲속 포장마차에 앉아
소주 한 잔 앞에 놓고 보니
그리운 얼굴들 있다

노릇노릇 구워진 노가리 질겅거리며
아무 말 없이 마주 앉아 있어도
한없이 좋을 것 같은
그래 주먹도 무지 센 가시나와
유독 삐치기 잘하던 그 녀석까지
왈칵왈칵 그립구나 보고 싶구나

탈곡기 소리 동네를 흔들던 날
소똥 즐비한 논둑길 메뚜기 뛰놀 때
논바닥에서 잠자리와 나눠 먹던 새참과
밤바다 배 위에서 펄떡거리던 오징어 노래미
싱싱한 미역 다시마 해삼 멍게 조개까지
바다와 산이 서로 숟가락질해주던 곳

지금쯤은 흰 머리카락이 성성할
새침데기 단발머리 왈가닥 가시나
고무신 까까머리 시커먼 얼굴 머슴아
내 어린 시절 어깨동무 친구들아
지금은 어느 하늘 아래에서

알싸한 소주 한 잔 들이켜고 있는가

빌딩 숲속 바람은 자꾸만
불콰해진 귓불을 어루만지는데
먼 고향에서 날아온 바람일까

몸속에 갇힌 바다에서 잔물결이 일렁인다

　소작농으로 생계를 잇던 아버지는 가을 추수를 끝내고 겨울 바다를 뜨겁게 달구던 오징어 배를 탔다. 아버지의 계절은 쉴 틈이 없었다. 아버지의 부지런한 발걸음을 따라 우리 식구의 허기가 쫓아다녔다. 그럴수록 아버지의 발소리는 빨라지고 커져갔다. 두 손도 멈출 수 없었다. 참나무 껍질 같은 두 손으로 수확한 해산물과 농산물이 우리 형제자매의 뼈와 살이 되었다. 그뿐만이 아니다. 공책, 연필, 육성회비, 교납금이 된 아슬아슬한 비탈밭에 가득한 감자, 고구마, 옥수수, 과일을 거둬들인 어머니의 발걸음과 두 손도 빼놓을 수 없다. 가구 수가 그리 많지 않은 우리 동네는 너무 작아서 친구들도 생활사가 별다르지 않았다. 가을 수확기에는 모든 일이 품앗이였다. 집안일들이 동네일이 되었다. 학교에서도 집안일을 도와주라고 농번기에 방학했나. 지금은 그 고향을 지키는 친구가 두어 명뿐이다. 가끔 초등학교 동문회에서 만나면 모두 서울이나 수도권에서 산다고 했다. 어릴 때 살던 집도 터만 남았다는 친구가 대다수였다. 그래도 어쩌다 글 쓰는 일이 업이 된 나로서는 늘 고맙게 생각하는 것이 고향에 대한 이야기와 상징물들에 대한 풍성함이다. 그중 **빼놓을 수 없는** 특이한 상징물 하나가 바로 소나무이다.

내 고향에는 여전히 바다를 향해 가지를 뻗은 채 소나무들이 즐비하게 서 있다. 이제 막 자라난 키 작은 소나무도, 마디마디가 굵은 낙락장송들도 오로지 바다 쪽으로 가지를 뻗고 있다. 정오가 지나자마자 해를 가려버리는 드높은 태백산맥 때문이다. 사계절 그 푸릇한 소나무 이파리 입에 물고 잘근잘근 씹어보면 바닷물처럼 짜다. 그 소나무들 한없이 그리워하다 바닷물이 되었을까? 입 안 가득 번지는 향기로운 솔잎차 한 잔에 생명의 기원이 생각난다. 바닷속에서 걸어 나온 생명이 생각난다. 잠시 외출 나왔다가 흙속에 뿌리박힌 소나무처럼 나도 발목잡힌 것일까? 얼떨결에 고향을 떠나 엉거주춤 빌딩숲을 거닐다가 도시인이 되었다. 문득 몹시 궁금하다. 내 머리카락을 씹어보면 과연 무슨 맛이 날까? 내 그리움의 농도는 얼마만큼 진해졌을까? 어느새 솔잎차 한 잔이 비워지고 뜨겁던 머그잔이 차가워졌다. 때를 맞춰 베란다 창문 안으로 잘 익은 바람이 불어온다. 까마득한 바닷물이 위장에 출렁인다. 솔잎 향기 번지며 갑자기 고층 아파트가 휘청 바다 쪽으로 기운다.

　어린이 캠프에 가기 위해 강화도행 직행버스를 탔다. 그
러나 버스는 말로만 직행이었지 직행이 아니었다. 버스는
가다 서기를 반복했다. 이러다 언제 도착하나 마음이 급해
졌다. 애초에 조금 일찍 나설 일이었다. 출발이 늦었으므
로 속이 타는 건 다 내 탓이다. 그래도 어쩌겠는가. 달려
라. 조금 더 빨리 달려라. 직행버스답게 정거장 몇 개는 그
냥 지나쳐도 좋지 않은가. 행사 시작 전에 도착할 수 있게
힘차게 달려라. 나는 속으로 연방 주문을 걸었다. 그러나
아직도 강화도는 한참 가야하고 차창 밖에는 겨울바람이
매섭게 불어댔다. 나는 운전기사 바로 뒷자리와 나란한 대
각선 뒷자리에 앉아 있었다. 그러니까 사람들이 올라타는
탑승구 앞에 앉아 있어서 문이 열릴 때마다 찬바람이 무릎
을 파고들었다. 일찍 도착해야 할 내 사정은 모르는 사람
늘이 천천히 버스에 올랐다. 익히 버스 기사를 아는 사람
들인지 아닌지 모르겠으나 인사말을 던지는 거로 봐서는
뜨내기 탑승객은 아닌 것 같았다. 과장이 아니라 그야말로
버스는 인천 관교동 시외버스터미널을 출발하여 인천 전

역을 도는 듯했다.

　관교동에서 강화도를 직선거리로 가면 훨씬 빠를 것 같은데 버스는 강화도를 뒤로 남기고 반대쪽으로 가는 것 같았다. 그렇게 느낄 만도 한 것이 관교동에서 서구로 향하면 될 길을 동인천을 거쳐 또 부평을 거쳐 다시 가좌동을 거쳐 서구 일대를 돌다가 드디어 강화대교를 향하는 것이었다. 이건 종으로 횡으로 구석구석을 살피며 다니는 지리조사 버스 아닌가. 그게 아니라면 인천을 다 보여주려는 역사탐방 문학기행 버스가 아닌가. 조금 과장해서, 아니지! 많이 과장해서 여가를 즐기려고 탔다면 볼거리가 참 많은 관광버스가 아닌가. 아주 잠깐이기는 했으나 버스정류장마다 스민 사람들의 이야기를 더듬어 보면 얼마나 좋을까? 생각해 보았지만 지금은 빨리 더 빨리 제발 시간 늦지 않게 행사장에 도착해야 하는데 버스는 갈수록 더 늦은 속도로 가는 듯하고 성질 급한 내 속은 타들어 갔다. 탑승구 문틈 사이로 스미는 찬바람이 달아오른 내 몸 때문에 무색해질 무렵 직행버스는 강화도 버스터미널에 느릿느릿 들어섰다.

　미리 마중 나온 주최 측 진행요원이 나를 안내하고 나는 후다닥 승용차에 올랐다. 승용차는 행사장을 향해 달렸다. 늦은 터라 미안해서 인사도 제대로 할 수 없을 지경이었다. 그래도 진행요원이 부드럽게 말했다. 많이 늦지 않았습니다. 순서를 바꿨습니다. 행사에 무리가 없습니다. 나는 그 말이 더 미안해져서 입을 굳게 다물었다. 어디로 가는지 궁금했다. 그러나 질문을 할 수 없었다. 그저 좁고 가파른 산길을 오르는 동안 나는 생각했다. 무조건 미안하다고 연발해도 풀리지 않을 상황에서 나는 왜 침묵을 선택할까? 돌아보면 내 삶은 이런 상황에서 적극적 사과를 하지 않고 머뭇거렸다. 상대가 내 마음을 알고 있겠지! 생각하며 그렇게 결론을 맺는 건 내 생각만 하는 무례함이었다. 그래 그건 옳지 않았다. 나는 진행요원에게 정말 죄송합니다, 서둘러 출발 못 했습니다, 진행에 차질을 빚어서 죄송합니다 하고 사과했다. 그사이 승용차가 멈췄다. 진행요원이 정말 괜찮다며 내게 하차를 알려줬다. 나는 승용차에서 내리자마자 빠른 걸음으로 행사장으로 들어갔다. 그곳에는 나와 함께 초청받은 시인이 여럿이었다. 다들 참가한 어린이들과 인사를 미리 했고 나만 인사하면 행사가 시작될 것이었다. 나는 또 늦어서 죄송하다는 말과 함께 좋은 시간 만들어 보자는 인사를 아이들에게 했다. 이내 조금 늦게 공식 행사가 시작되었고 행사는 대부분 야외에서 진행되었다. 얼음판에서 썰매를 타고 팽이를 돌리며 자치기, 윷놀이, 고구마, 감자 구워 먹기를 했다. 시인들도 온종일 산과 들에서 아이들과 뛰어놀았다.

  징밀 오랜만에 맛있는 저녁밥을 먹고 강당에 모인 아이들이 시를 썼다. 연필이나 볼펜으로 꾹꾹 눌러 쓴 작품들이 회의용 탁자 위에 수북이 쌓였다. 그때 캠프를 주관한 쪽에서 시인들에게 말했다. 최우수상과 우수상 그리고 장

려상 등을 뽑아달라는 내용이었다. 시인들은 작품을 읽어 나갔다. 그때였다. 느닷없이 한 시인이 말했다. 등수를 매긴다는 것은 옳지 않다. 제비뽑기를 하자. 심사하던 시인 모두 읽던 작품을 내려놓고 고개를 끄덕였다. 나는 갑자기 궁금증이 일었다. 시인들에게 한마디 던졌다. 왜 제비뽑기라고 했을까요? 내 말을 들은 한 시인이 말했다. 뽑아야 할 종이가 제비 꼬리 모양을 닮아서가 아닐까요? 한 시인이 덧붙였다. 제비가 흥부에게 '박씨'를 물어다 준 의미가 아닐까요? 두 시인의 말은 재밌었다. 그때였다. 한 시인이 정확히 찾아보는 것이 좋겠다고 말했다. 그러나 우리는 굳이 정확한 유래를 찾지 않기로 했다. 책상 위에 쌓인 아이들의 작품들처럼 상상력을 열어 두기로 했다. 시인들은 아이들이 쓴 작품들을 다시 나누어 주기로 했다. 대신 종이상자에 아이들 이름을 적어 넣었다.

강당에 다시 모인 아이들이 돌아가면서 자신이 쓴 글을 발표했다. 어느 문장에서는 감탄사가 흘러나오기도 하고 키득키득 웃음소리가 번지기도 했다. 때로는 발표하는 아이도 발표를 듣는 아이들도 진지했다. 드디어 발표가 모두 끝났다. 이어서 조그만 종이상자가 등장했다. 아이들은 의아한 표정을 지었다. 이내 제비뽑기가 시작되었다. 시인들이 종이상자에 손을 넣었다. 종이를 한 장씩 꺼냈다. 펼쳐진 종이에서 이름이 불리자 아이들이 손뼉을 치며 환호성을 질렀다. 아이들은 자기가 뽑히지 않아도 아랑곳하지 않았다. 그저 제비뽑기가 유쾌한 모양이었다. 해맑은 아이들의 모습을 보며 생각했다. 등수를 매기지 않은 것이 옳았다. 급조하긴 했으나 하늘상, 구름상, 눈사람상, 팽이상 등을 만든 것이 천만다행이었다.

다음날도 행사가 일찍부터 진행되었다. 아침 운동으로 구보를 했다. 해가 뜨기 전이었다. 바람이 매서웠다. 아이들에게는 조금 무리였다. 목적지까지 뛰지 못하고 되돌아왔다. 그래도 상쾌했다. 평소에 아침을 잘 안 먹는다는 시인들이 후딱 비운 밥그릇을 내밀며 밥을 더 달라고 했다. 나도 마찬가지였다. 어제 온종일 아이들과 함께한 시간이 버거웠던 모양이다. 잠자리에서 팔다리가 뻐근하고 몸이 욱신거렸다. 오늘도 어제만큼 뛰어놀아야 하는가 살짝 염려되었다. 그러나 다행이었다. 오늘 오전에는 낚시를 던진다고 했다. 점심 식사를 마치고는 썰물 때를 틈타 드넓은 갯벌을 만나러 간다고 했다. 오전에 밀물 때 던진 낚시는 큰 수확이 없었다. 망둥이(망둑어) 몇 마리를 잡기는 했다. 9월이나 10월이 망둥이 낚시 철이고 11월과 12월에는 망둥이가 산란기여서 제법 큰 망둥이가 잡히기는 한다. 그러나 시기가 늦은 터라 잘 잡히지 않았다. 그나마 한겨울에 몇 마리 잡은 것도 큰 수확이라면 수확이었다. 하지만 모두 방생해 주기로 했다. 낚시는 예정 시간보다 너무 빨리 끝났다. 점심 때까지는 시간이 많이 남았다. 사는 일이 때로는 계획대로 안 되는 일이 많다. 어쩌겠는가! 긴급 토론을 했다. 산을 오르자, 박물관을 들르자, 여러 방안이 나왔다. 그중 어제 썰매를 타던 논바닥에서 쥐불놀이를 하기로 했다. 지금은 보기 힘든 놀이가 아니던가.

24절기 중 밤이 가장 긴 동지에는 마을마다 여러 행사가 있었다. 그중 하나가 쥐불놀이였다. 어릴 때는 무척 재미 있는 놀이였다. 자주 먹을 수 없는 오곡밥을 먹고 그 겨울 에 갖은 나물을 먹고 액운을 쫓는다는 팥죽을 먹고 동네 공회당 앞에서는 윷놀이가 벌어졌다. 마을이 온통 축제 분 위기였다. 그만큼 동지는 큰 명절이었다. 동네 아이들은 해가 지기를 기다렸다. 드디어 해가 지면 며칠 전부터 미 리 만들어 둔 깡통을 가지고 깊은 밤까지 쥐불놀이를 했 다. 그 어린 시절 깡통처럼 진행요원들이 못으로 깡통 옆 구리에 여러 개의 구멍을 뚫고 가방끈처럼 철삿줄로 손잡 이를 만들었다. 논바닥 곁에는 장작불이 놓이고 아이들은 깡통에 불씨 몇 덩이를 담은 뒤 나뭇조각을 빼곡히 꽂아 넣었다. 곧이어 깡통 돌리는 소리가 논바닥에서 들려오고 아이들은 처음 해보는 놀이여서 무척 재미있어했다. 그러 나 어둠 속에서 깡통 불이 시뻘건 궤적을 만들며 돌아가는 모습이 제대로인데 대낮이어서 아쉬웠다. 원래 점심은 낚 시터에서 먹기로 했으나 장작불 곁에서 어묵탕과 떡볶이, 김밥, 순대로 점심을 해결했다. 논바닥에서 먹는 음식이 왜 이렇게 맛있을까? 한 아이가 말했다. 아이 말에 한 시 인이 말했다. 정말 왜 그럴까? 유목민의 피가 흐르는 탓일 까? 시인의 말 뒤에 다른 아이가 덧붙였다. 승준이가 배가 엄청 고파서 다 맛있는 거예요. 우리는 명백한 그 말에 한 바탕 웃음이 터졌다. 그래, 어떤 이유든 무슨 상관있을까?

맛있게 먹었고 그것도 아주 배부르게 먹었으니 썰물 때 맞춰 갯벌을 만나러 가면 될 일이다.

거짓말처럼 오전에 그 많던 바닷물이 저만치 물러갔다. 아이들이 저마다 한마디씩 한다. 이렇게 멀리 물이 밀려나는지 몰랐다. 달 때문에 밀물과 썰물이 생긴다는 것을 책에서 배웠다. 푹푹 빠지는 갯벌을 텔레비전에서 보았다. 여기는 발이 안 빠지는 모래밭 같은 갯벌이다. 점점 더 웅성거리는 아이들을 주목하라며 진행요원이 아이들에게 갯벌을 설명했다. 갯벌은 바다에 사는 생명을 먹여 살리는 먹거리가 대단히 많다. 오염된 바닷물을 정화해주는 역할도 한다. 진행요원은 설명 끝에 자연을 훼손하면 안 된다는 말을 잊지 않는다. 갯벌에서 캠프장으로 돌아와 해단식을 마치고 아이들을 실은 버스가 서울로 출발했다. 1박2일이 이렇게 짧게 느껴질 수 있을까? 아이들이 탄 버스가 제법 멀어질 때쯤 한 시인이 집까지 태워준다고 했다. 그러나 나는 일부러 강화도 시외버스정류장에서 직행버스를 탔다. 어제는 발을 동동 구르던 직행버스지만 오늘은 빨리 가든 천천히 가든 상관없다. 사람들이 천천히 올라타도 다급할 것이 하나도 없다. 정거장 이름도 모르고 문이 닫히기만 기다렸던 그 정거장 이름들을 받아 적으며 여유롭게 아주 여유롭게 무사히 집에만 가면 된다.

시
인
의
특
혜

2000년 초반부터였을까? 텔레통신에서 활동하던 모임들이 인터넷 카페로 자리를 대거 옮겼다. 다양한 기능과 편리한 인터넷 카페는 종류도 많았다. 헤아릴 수 없을 만큼 문학 카페도 많이 생겼다. 취미가 같은 사람들은 카페를 통해 돈독한 우정을 나누기도 하고 전문적 상식을 카페에서 넓히거나 필요한 지식을 카페에서 공유하기도 했다. 나도 유행을 따르듯 천리안에서 건너온 몇몇 사람들과 카페에서 왕성한 활동을 했다. 그때 그 인연들은 지금 다 어디로 갔을까? 가끔 돈독한 우정을 나누던 그 사람들이 보고 싶고 그립다. 이렇게 쓰다가 보니 인터넷 카페 문화가 사라진 것으로 오해할 수 있겠다. 그건 아니다. 인터넷 카페들은 여전히 존재하고 있다. 다만 요즘은 SNS를 통한 활동이 더 활발하다. 아, 잠깐만! 의식의 흐름을 따르다가 보니 이야기의 길을 잃은 듯하다. 이 글은 플랫폼의 변천사를 말하려는 것이 아니다. 핵심은 그 시절 한 시인이 운영한 인터넷 카페 회원으로 활동하면서 겪은 이야기다. 그 카페는 문학 카페였고 방들도 문학에 관련된 방들이 주였다. 이를테면 '시와 소설방', '동시와 동화방', '평론방'을 중심으로 신간 소식, 고전과 명작을 다루는 방들이 있었다. 그중 가장 게재율이 높은 방이 신작시방이었다. 회원 중 시를 쓰는 사람들이 많았기 때문이다. 이미 등단한 분들도 있었고 등단보다는 취미였던 사람들도 있었다. 나는 천리 안문단에서부터 함께한 문우들과 합류한 방이어서 부지런 히 시를 쓴 편이었고 한 달에 몇 편씩 '신작시를' 게재했다. 게재된 작품에 대한 평들이 빠짐없이 댓글로 주르르 올라 왔다. 나는 그만큼 카페 활동이 재밌었고 의미도 있었다. 시 쓰기에 도움도 많이 되었다. 그날도 '신작시방'에 시 한 편을 올렸다. 다음 날이었다. 내가 올린 작품에 대한 반응 이 평소와 달랐다. 게시물 곁에 표시된 댓글 숫자가 생각 보다 매우 많았기 때문이었다. 반가운 마음에 댓글 창을 눌렀다. 댓글들이 순식간에 화면을 가득 채웠다.

　－ 침묵이 더 많은 이야기를 담고 있네요.
　－ 그러게요. 참으로 많은 말들이 담겨 있네요.
　－ 말이 없음이 참 많은 생각을 하게 하네요.
　－ 텅 빈 공간 속에서 보이지 않는 무수한 바람이 느껴지
　　네요.
　－ 고요하고도 맑은 숨소리가 가득하네요.
　－ 투명한 공기 속에서 평화와 평등이 느껴지네요.
　－ 잠시 머문 이곳에서 마음이 참 맑아지네요.
　－ 굳어 있던 생각이 구름처럼 뭉게뭉게 피어오르며 흩
　　어지네요.

- 우주의 한 공간을 만난 것 같네요.
- 원래 비어 있는 것이 가장 가득한 것이죠.
- 네 그런 것이죠. 바로 그곳이 파라다이스이고 유토피
  아이지요.

  댓글들은 내가 대뜸 알아들을 수 없는 문장들이 많았다. 마치 각자 한 줄씩 문장을 나열하여 작품 한 편을 완성하는 행시 놀이를 하는 것 같았다. 푸가의 기법처럼 앞줄을 물고 다음 줄이 이어지며 또 그다음 줄이 앞줄을 물고 이어지는 댓글들이 원래 긴 시임에도 특별히 더 긴 장시 한 편처럼 읽혔다. 그런데 이상했다. 공력 높은 표현이 넘치는 장시로 읽힌 댓글들이 내 작품의 어느 부분에서 기인한 것일까? 어떤 문장에서 저렇듯 감동적인 느낌을 받은 것일까? 내 작품이 어떻게 저토록 훌륭한 메시지를 담아냈을까? 내가 쓴 시이지만 문장과 문장, 행간과 행간을 제삼자의 시선으로 확인하고 싶었다. 나는 호흡을 한 번 가다듬듯 차분한 마음으로 '신작시' 게시물을 다시 눌렀다. 아흐, 그런데 이게 무슨 일인가? '신작시방'에 분명히 올라가 있어야 할 작품이 없었다. 게시물 제목만 덩그러니 올라가 있었다. 본문이 있어야 할 공간에 아무것도 적혀 있지 않았다. 하얀색 바탕화면만 있었다. 그러니까 댓글들 때문에 텅 빈 여백이 대단한 시공을 담아낸 작품이 된 셈이다. 원인은 알 수 없으나 아마도 내 컴퓨터에서 작품을 복사하여 붙여넣을 때 오류가 생긴 모양이었다. 내 실수를 아는지 모르는지 알 길이 없었으나 댓글들이 대단하기도 하고 황

당하기도 하고 웃기기도 하고 고맙기도 하고 당황스럽기도 하고 총체적으로 난감하기도 했다. 어쩌다 실수로 벌어진 사건 때문에 다양하게 일어나는 감정이야 내 문제이고 이 상황을 어떻게 해결하면 좋을까? 사람들에게 사태의 실체를 설명할까? 이것저것 상관없이 미안하다고 할까? 아니, 시간이 자연스럽게 해결할 때까지 내버려 둘까? 결정을 어떻게 하든지 일단 내일 해야겠다고 생각하고 그날은 카페를 빠져나왔다. 그런데 개인사 때문에 며칠을 카페에 들어가지 못했다. 일상 속에서 생각만 꼬리에 꼬리를 물고 쉽게 결정할 수 없는 문제로 커졌다. 처음에는 아주 단순한 고민인 것 같았는데 생각이 많아지니까 점점 더 심각한 고민이 되어 버렸다. 그래도 결정은 필요하다고 생각했다. 다만 결정한 그 방법이 댓글을 달아준 사람들에게 악영향을 끼치면 곤란하다고 생각했다. 그래서 선택한 생각이 고백하는 것이었다.

대략 한 주 뒤였던 것 같다. 내 실수에 대한 고백 뒤 사람들 반응이 다양했다. 이미 눈치채고 있었다는 사람, 게시물 제목 때문에 일부러 여백을 보여준 것으로 알고 있었다는 사람, 양면적 생각이 들었지만 문학을 새롭게 생각할 기회로 삼았다는 사람, 그 외에도 나름대로 의미를 담은 글들이 연이어 올라왔다. 크다면 크고 작다면 작은 내 실수 하나가 이렇듯 깊이 있는 토론이 되는가? 나는 며칠 동안 이어지는 토론이 마냥 신기했고 시 한 편이 다양한 생각을 열어주는 사실에 놀랐다. 그 토론 때문에 시대를 온

몸으로 살아낸 시인들도 다시금 떠올랐고 시를 쓴답시고 우쭐댄 시간이 부끄러워졌다. 한마디로 실수 아니던가? 여백이 내가 만든 시 세계가 아니질 않은가? 그런데도 시적 의미로 확장되지 않던가? 더 깊고 넓게 날개를 펴지 않던가? 여백을 내가 창작한 작품으로 칭찬받지 않았던가? 괜찮은 시인으로 칭찬받지 않았던가? 그 사건 뒤부터 나는 시는 시인보다 위대하다는 믿음이 생겼다. 누구나 구분하지는 않지만 굳이 구분해야 한다면 나는 시인보다 시를 중요하게 생각한다. 평이한 문장 한 줄도 시라는 옷을 입으면 달라진다. 그것도 아주 많이 달라진다. 달라진 문장은 이미 시인의 문장이 아니다. 체득한 독자의 것이다. 그런데도 독자들은 시보다 시인에게 고마워한다. 그건 시인이 시보다 우대를 받는 것이다. 물론 시인은 언제나 창작 고통에 시달리기는 한다. 그러나 실수한 문장조차 독자들로부터 의미가 커지는 특혜를 누리는 시인은 어떻게 행동해야 하겠는가. 더 겸손하고 더 사유해야 할 의무로 삼아야 하지 않겠는가.

해

오랫동안 함께 글쓰기 공부를 한 후배가 아침 일찍 전화를 걸어왔다. 대학 때부터 가까이 지내온 동생이었다. 그런데 아침 일찍치고도 너무 이른 아침이었다. 이제 막 해가 떠오른 시각이니까 새벽이라 해도 괜찮을 시각이었다. 나는 은근히 전화를 받으며 이렇게 일찍 웬일일까? 내심 불안했다. 이내 신호음이 멈추고 전화가 연결되었다. 긴장한 채 가만히 듣다 보니 골자는 며칠 전 이사한 모양이었다. 그런데 이사 소식을 계속 듣다 보니 전화를 건 목적이 이사 소식이 아닌 것 같았다.

동생은 예전에 살던 집과는 다르다고 했다. 환경이 전혀 다르다고 했다. 아침부터 아주 다르다고 했다. 베란다가 햇볕이 잘 드는 남동향이라 했다. 아침마다 기분이 푸근해진다고 했다. 오늘 아침은 어제보다 더 기분이 좋아서 선배가 생각났다고 했다. 그리고는 선배도 햇볕이 필요한 사람이라고 했다. 선배는 언제나 표정이 눅눅하다고 했다. 어서 그 반지하에서 이사하라고 했다. 느닷없는 동생의 공격이었다. 아침부터 염장을 지르는 것이었다. 나는 더 나아가려는 동생 말을 빠르게 잘랐다. 거기에서 멈추지 않았다. 서둘러 반격을 시작했다. 그걸 누가 모르냐? 별도리가 없으니까 견디고 있는 거지. 아침부터 전화해서 약 올리느냐? 나는 동생에게 오랜만에 날을 세웠다. 그러나 이런 대화로 마음 상할 사이는 아니었다. 동생과는 오래전부터 이물 없는 사이였다. 악의가 없다는 것을 잘 아는 사이였다. 동생은 내게 간단히 "미안!" 한마디 하고는 자기가 하고픈 말을 계속 이어갔다.

예전엔 몰랐는데 매일 떠오르는 해가 볼 때마다 다르게 보인다고 했다. 어느 날은 잘 익은 빵 같다고 했다. 어떨 땐 구릿빛 동전 같다고 했다. 가끔 흐린 날은 파스텔톤 그림 한 장 같다고 했다. 오늘은 숯불에 익은 시뻘건 돌멩이 같다고 했다. 나는 동생의 표현이 너무 생생해서 그 집 베란다에 서 있는 것 같았다. 목소리도 발랄해서 빙그레 웃다가 어느순간 무릎을 '탁' 쳤다.

언젠가 온몸이 찌뿌드드해서 친구와 찜질방에 간 적이 있었다. 사실 눈이 불편해서 혼자는 절대 갈 수 없는 곳이다. 더구나 누가 가자고 해도 잘 가지 않는 곳이 찜질방이었다. 그런데 그날따라 친구가 내 몸 상태를 듣고는 끈질기게 나를 이끌고 찜질방에 간 것이었다. 역시 찜질방은 찜질방이었다. 온 바닥이 다 절절 끓고 있었다. 어디에서 발바닥을 딛고 있어도 따뜻했다. 사람들이 어느 곳이든 어느 방향이든 마음대로 누워 있어도 괜찮은 곳이 찜질방 아니던가? 들어가자마자 나는 자리를 잡고 몸을 뉘었다. 그러나 친구가 나를 일으켰다. 이내 샤워를 마친 뒤 나는 친구와 자리를 제대로 잡았다. 등가죽이 델 듯한 열기가 몸속으로 스미는 기분이 좋았다. 오랜만에 느끼는 여유였다. 찌뿌드드한 몸도 풀리는 것 같았다. 그때 내 뱃속에서 꼬르륵 소리가 들렸다. 찜질방을 사람들이 왜 좋아하는지 나는 갈 때마다 체험하게 된다. 살얼음 덮인 식혜 한 잔이 주는 기쁨이다. 말로는 다 형언할 수 없을 만큼 좋다. 친구와 간단한 음식 섭취와 식혜를 한 잔 다 비울 때쯤이었다. 다른 찜질방과 그 찜질방은 다른 점이 있었다. 찜질방 한가운데 커다란 불가마가 있었다. 친구 말로는 하루에 두어 번 그 불가마 뚜껑이 열린다고 했다. 그냥 뚜껑이 열리는 것에 그치지 않는다고 했다. 불가마가 열리기 전과 열린 뒤 재밌는 풍경을 볼 수 있다고 했다. 친구 말이 정말 맞았다. 갑자기 찜질방에 카운트다운이 시작되었다. 웅장한 음악이 스피커에서 쏟아졌다. 음악 소리를 들은 사람들이 수건 한 장씩을 목에 두르고 불가마 주위로 모여들었다.

카운트다운이 절정에 치닫고 드디어 음악이 멈췄다. 찜질방 한가운데 둥그런 뚜껑이 천천히 열렸다 둥글고 커다란 뚜껑이 다 열리자 웅덩이에서 시뻘건 돌덩이가 솟구쳐 오르기 시작했다. 열기를 훅훅 뿜는 불가마를 에워싼 사람들이 일제히 환호성을 질렀다. 우렁찬 박수도 돌덩이가 다 올라올 때까지 이어졌다. 찜질방이 일대 장관을 이뤘다.

새해 해맞이 같았다. 힘차게 솟구친 시뻘건 돌덩이에서 신비한 기운이 번졌다. 웃는 얼굴, 무표정한 얼굴, 놀란 얼굴, 땀방울이 맺힌 얼굴, 남녀노소 모두 발간 해가 되었다. 동생 말처럼 우리도 돌덩이를 닮은 해였던가? 같은 궤도를 도는 해였던가? 아침을 품은 해였던가? 생명을 키우는 돌이었던가? 식으면 안 될 눈부신 해였던가?

동생과 통화를 끝내고 나는 현관문을 열었다. 오월의 바람이 내 몸을 따스하게 감쌌다. 골목 안에는 햇볕이 쏟아지고 있었다. 내가 누구던가? 해를 뚫어지게 볼 수 있는 시각장애인이 아니던가? 나는 해를 우러러보았다. 두 눈을 부릅뜨고 보았다. 내 눈을 피하지 않는 햇빛을 정면으로 보았다. 눅눅한 표정이 뜨거워질 때까지 보았다. 식은 내 몸이 달궈질 때까지 보았다. 캄캄한 마음이 환해질 때까지 보았다. 누군가에게 볕이 될 수 있기를 바라며 보았다. 흐트러짐 없는 자세로 커다란 돌을 보았다. 고마운 마음으로 뜨거운 돌이 되기를 바라며 한참 동안 보았다.

초등학교 졸업 30주년 기념식에 가야 했다. 아침 일찍 나를 데리러 온 친구가 운전을 맡았다. 인천에서 곧바로 올라탄 영동고속도로는 예전과 아주 달랐다. 편도 1차선 이었던 고속도로가 흔적 없이 사라졌다. 구간에 따라 편도 4차선과 편도 2차선으로 바뀌었다. 동해까지 걸리던 시간도 예닐곱 시간에서 세 시간이면 너끈했다. 행사까지는 아직 시간이 많이 남았고 마땅히 갈 곳이 없었다.

"그럼, 그 마을이나 가볼까?"

"가면 뭘 해?"

"그래도 오랜만인데 가보자."

친구와 대화를 나누는 동안 내 마음은 쉽게 정돈되지 않았다. 그러나 친구의 질긴 설득에 나는 큰마음을 먹고 마을을 들러 보기로 했다.

스무 살 무렵 나는 마을을 떠났다. 다시는 돌아오지 않겠다고 다짐하듯 떠났다. 흘러간 시간만큼 인근 마을들은 많이 변해 있었다. 이윽고 내가 살던 마을 어귀 서낭당을 지날 때였다. 익숙한 봄볕이 쏟아졌다. 마을을 에워싼 산마다 진달래도 여전히 붉었다. 아름다운 풍경에 비해 어린 날 내가 겪은 불평의 상흔들이 곳곳에 남아 있었다. 마을 입구에서 등을 돌리면 바다가 빤히 보였고 삼 면이 산으로 에워싼 마을이어서 마을 이름도 삼막골이었다. 그중 가장 깊은 골짜기 그 산기슭 쪽을 향해 친구와 나는 길을 잡았다. 그 옛날 양철지붕 우리집은 사라졌고 예쁜 펜션 한 채가 보였다. 주인이 누굴까? 궁금했다. 그러나 친구 말을 들어보니 굳이 알 필요가 없었다. 이미 원주민들이 빠져나간 산기슭이었고 외지인들의 투자처가 된 지 오래였다. 가까이 있는 해수욕장을 끼고 유원지가 된 탓이었다. 게다가 옛날 우리 가족이 살던 집이긴 하지만 소작농 때문에 얻은 집이었다.

  펜션 마당에 들어서자 그 와중에 반가운 나무 한 그루가 보였다. 그 옛날 마당 한쪽에 서 있던 탱자나무였다. 저 탱자나무가 어떻게 여전히 살아 있을까? 우리 가족이 살 때 탱자나무 울타리 밑에는 커다란 개 두 마리가 사는 개집이 한 채 있었고 탱자나무에는 5월마다 꽃이 정말 많이 피었다. 그 많은 꽃잎이 우수수 떨어질 때 빈 개밥그릇에 꽃잎이 수북이 쌓이곤 했다. 먹지도 않는 열매였지만 가을마다 가지가 휘도록 샛노란 탱자가 주렁주렁 매달렸다. 꽃이 필 5월이 되려면 이른 탓이었을까? 새파란 이파리들만 봄바람에 찰랑거렸다. 열매를 먹지도 못하는 탱자나무를 왜 심었는지 어릴 때는 이해가 안 되었다. 집을 에워싼 탱자나무는 산짐승의 습격을 막는 울타리였다는 걸 한참 뒤 알았다. 양철지붕 그 옛집은 오간 데가 없었으나 탱자나무 가시에 찔린 듯한 우리 가족 통증들이 곳곳에 스며 있었다. 이 산기슭에서 아버지는 봄마다 볍씨를 뿌리고 쟁기질을 하고 어머니는 감자와 옥수수를 심고 산나물을 캐셨다. 휜 허리는 쉴 틈이 없었다. 뙤약볕 아래 김매기로 온몸이 시커멓게 탄 여름을 지나 가을에는 아버지가 농산물을 거둬 소작료를 냈고 어머니는 갖은 채소와 과일을 담은 대야를 이고 행상을 나가셨다. 언제나 수확물이 부족했듯 풍요해야 할 가을은 지나치게 짧았다. 겨울이면 아버지는 또 장작을 팼고 어머니는 생솔가지를 아궁이에 지폈다. 그러나 매년 겨울은 예리하게 추웠다. 창호지 한 장 겨우 바른 허름한 안방 문을 골짜기를 빠르게 내려온 매서운 바람이 마구 흔들었다. 문풍지 소리는 가늘고 음흉하게 밤새도록 울어댔다. 그때마다 우리 형제는 서로 이불을 자기 쪽으로 당겨댔다. 구들장도 진흙이 마르듯 쩍쩍 갈라지기 일쑤였다. 그 틈으로 생솔가지 타는 연기가 뒤란 굴뚝보다 더 심하게 방안으로 피어올랐다.

겨울은 너무나 맵고 스산하고 길고 고요하고 춥고 배고팠다. 함박눈도 무진장 내렸다. 우리 형제는 눈덩이를 굴려 눈사람을 만들었다. 깊은 산속에서 토끼도 잡고 꿩도 잡았다. 그것이 내 어린 날 겨울의 기쁨이라면 기쁨이었다. 아버지는 소작농과 막노동 그리고 탄광 광부와 오징어 배를 탔다. 다람쥐 쳇바퀴 돌 듯 계절 따라 일만 하셨다.

그러나 아버지의 활동은 어느 날 멈췄다. 중풍 때문이었다. 이후로도 우리 가족은 삼막골에 있던 여러 집을 전전하며 살았다. 웬일일까? 이유를 모르겠다. 약화한 통증처럼 오늘은 왠지 그 시절이 아련한 추억으로 밀려온다. 집 뒤란 쪽에 굵은 소나무들도 여전하고 산새도 그리 바뀌지 않았다. 산 아래 먼발치 바다도 여전히 푸르고 넓었다. 그러나 장독대 뒤란도 경사진 텃밭도 네모난 우물도 말끔히 없어졌다. 우물가에 박아놓은 그 널찍한 돌 빨래판도 없어졌고 아버지 작업복에서 빠져나온 석탄 물이 흘러가던 작은 도랑도 없어졌다. 마당에 모깃불 피우던 화로도 없어졌다. 양철지붕 처마 끝에 매달아 놓은 곶감 새끼줄도 없어졌다. 처마 밑에 가득한 장작더미도 없어졌다. 빤질빤질한 툇마루도 깨진 굴뚝도 검게 그을린 석유등도 없어졌다. 남루한 것들이 흔적 없이 사라졌다.

펜션 현관문 양쪽에는 수은등인지 형광등인지 모를 우아한 가로등이 나란히 서 있었다. 그래, 이곳에 전기가 언제 들어온 것일까? 중학교까지 여기서 살았으나 전기가 들어오지 않았다. 해가 지면 캄캄한 양철지붕 우리 집은 온통 내 사춘기를 암담하게 만들었다. 석유등이 꺼지면서 풍기는 기분 나쁜 냄새도 이 산기슭을 탈출하고 싶게 만들었다. 삼막골 양철지붕을 떠나고 싶은 이유는 한둘이 아니었다. 모든 것이 다 탈출의 명분이었다. 논리도 없고 이성도 없는 막무가내였다. 고등학교 입학할 때쯤 우리 집은 이 산기슭에서 마을 아래로 이사했다. 아버지가 합병증에 시달렸기 때문이었다. 암까지 걸린 아버지도 아버지였지만 어머니가 더 힘든 시절이었다. 삼막골에서 희망을 잃은 우리 형제는 어머니보다 빨리 이 마을을 떠났다. 어머니도 아버지를 하늘로 보내신 뒤 형의 집요한 설득으로 삼막골을 떠났다. 그리고 우리 가족과 삼막골의 인연은 거기에서 끝이 났다. 더는 향수도 느끼고 싶지 않은 끝이었다. 그러나 삼막골에 대한 발언은 멈추었으나 생각은 지워지지 않은 탓이었을까?

"지나간 모든 일은 희로애락과 관계없이 다 추억이 된다."

이 문장 앞에서 나는 언제나 삼막골을 추억했다. 그러나 기억은 더 부정적이었다. 좋은 생각 좋은 일들만 생각해도 부족한 삶이라고 피력했다. 틀린 생각이 아니라고 스스로 확신했다. 그러나 일부러 피할 것도 아니라는 것을 아니, 피할 수 없다는 것을 오늘 새삼 느낀다.

스무 해가 훌쩍 넘은 지금 다시 찾은 삼막골은 변했다. 내 비밀스러운 생각만 양철지붕 집 한 채를 고스란히 보존하고 있었다. 절대 되돌아가고 싶지 않은 부정적 장소로 여기고 혼자 감추고 있었다. 사실 초등학교 졸업 30주년 기념식도 무슨 의미가 있을까? 굳이 그 먼 곳까지 가야 하나? 떠올리고 싶은 곳도 아닌데 일부러 가야 하나? 출발 며칠 전까지도 갈까 말까 고민했다. 만약 친구가 데리러 오지 않았다면 불참했을지도 모른다. 어찌 되었건 반신반의했던 나는 출발했고 도착이 일러 시간이 남았고 친구 덕에 마을을 찾았고 옛 집터도 다시 살폈고 새로이 갇힌 생각을 열었다. 베인 창상은 통풍이 되어야 했다. 꽁꽁 싸매는 것이 아니었다. 지극히 마주 보고 즐겨야 하는 것이었다. 은사님의 초등학교 졸업 30주년 기념사처럼 지나간 일들은 다 소중한 것이었다. 추억은 다 아름다운 것이었다. 나를 있게 한 것이 지난 시간이었다. 그야말로 오랜만에 만난 친구들의 목소리가 소중하게 느껴졌다. 어린 날 삼막골 양철지붕 집 한 채에 스민 추억을 가진 내 친구들이 갑자기 사랑스러워졌다. 이제 혼자서도 삼막골 산기슭을 오를 수 있겠다. 곳곳에 스민 내 상흔을 지긋이 즐길 수 있겠다.

이
발
리
즘

내 어린 시절을 상징하는 물건이 하나 있다. 내가 이발할 때 앉았던 널빤지였다. 정확히는 의자 대용 빨래판이었다. 지금은 찾기 힘든 작은 이발소가 우리 동네 역 앞에 있었다. 어른들이 이발할 때 앉는 의자는 컸고 나는 너무 작았다. 당연히 제대로 앉을 수 없었으므로 의자 팔걸이에 빨래판을 걸쳐놓고 앉았다. 망토를 두르듯 나는 하얀 보자기를 두르고 정면을 응시했다. 그러나 거울에 비친 내 모습을 오래 볼 수 없었다. 언제나 이발소 냄새는 오묘했다. 비누 냄새 같기도 하고 잘린 머리칼 냄새 같기도 하고 수건 마르는 냄새 같기도 하고 물이 팔팔 끓는 냄새 같기도 했다. 모든 냄새가 한꺼번에 내 코를 자극할 때마다 나는 강한 마취 향을 맡은 듯 마구 졸음이 쏟아졌다. 바리깡 소리와 가위질 소리도 졸음을 부추기는데 한몫했다. 그때마다 고개는 푹푹 떨어졌고 입술 사이로 침이 흘러나왔다. 머리통 버짐에서는 살비듬이 일었고 누런 콧물도 흘러내렸다. 그땐 내 또래 아이들은 다 그랬다.

이발소는 여름에 문을 활짝 열고 커다란 선풍기를 돌렸다. 시원한 바람이 쏟아지는 선풍기는 신기한 물건이었다. 그 당시는 선풍기를 가지고 있는 집이 없었다. 우리 마을뿐만이 아니었다. 옆 마을도, 건넛마을에도 선풍기를 가지고 있는 집이 없었다. 겨울이 오면 이발소에 연탄난로가 피워졌다. 이발소 연탄은 가정용 연탄이 아니었다. 커다란 연탄이었다. 그 연탄이 삼층탑으로 불기둥을 이룬 연탄난로는 대단한 화력을 뿜었다. 연탄난로 위에는 큰 주전자가 김을 뿜었다. 이발소는 언제나 따뜻한 온기로 가득했다. 나는 그 이발소가 매우 좋았다. 계절에 상관없이 좋았다. 그러나 역 앞에서 아이들과 놀면서 가끔 아저씨에게 인사를 드렸을 뿐 자주 머리를 깎지 못했다. 집안에 무슨 행사가 있을 때나 명절이 아니면 굳이 이발소에 갈 일이 없었다. 더구나 아버지가 바쁜 탓에 머리카락이 눈을 찔러도 갈 수 없었다. 그러다가 나는 초등학교에 들어갈 나이가 되었고 그때부터 아버지 손을 잡고 가지 않았다. 그러나 미취학 아동 때처럼 내 의자는 여전히 빨래판이었다.

나는 빨래판에서 언제쯤 내려앉을 수 있을까? 푹신푹신한 의자에 앉을 수 있을까? 나는 빨리 어른이 되고 싶었다. 연탄난로 연통에 비누 거품을 낸 부드러운 솔을 따뜻하게 데운 뒤 턱에 거품을 듬뿍 바르고 싶었다. 이발사 아저씨가 가죽에 쓱쓱 간 면도칼이 내 코밑과 턱을 지나간 뒤 턱과 귓불에 파르스름한 빛을 발하고 싶었다. 나는 빨리 포마드 기름을 머리에 바르고 이발소를 당당히 나설 수 있는 어른이 되고 싶었다. 그러나 머리카락을 다 뽑아 버릴 듯 바리깡이 뒤통수를 빠르게 지나갔다. 언제나 깜박 졸고 나면 이발사 아저씨의 가위질이 끝났다. 어른들처럼 이발소 의자를 한껏 뒤로 눕혀 뜨거운 수건으로 얼굴을 찜질해주기는커녕 나는 빨래판에서 얼른 내려와 머리를 감고 세수를 해야 했다. 그래도 기분이 좋은 건 이발소 아저씨가 잘 마른 수건 한 장을 내밀 때였다. 세탁한 수건을 연통에 휘감아서 말린 수건이었다. 따뜻한 온기를 머금은 그 수건에서 풍기는 냄새가 나는 좋았다. 바삭바삭한 과자 냄새 같기도 하고 명절 때 큰집에서 먹던 과질 냄새 같기도 했다. 그중에 제일 좋았던 건 펄펄 끓는 물에 삶은 그 하얀 색깔이었다. 그러나 내가 얼굴을 닦고 나면 금시 까매지는 그 수건 색깔처럼 암담한 이야기를 어른들이 나누기도 했다.

철길 집 큰딸 가발공장에 취직이 어떻고…,
100억 불 수출탑이 어떻고…,
경제개발계획이 어떻고…,
우리나라 산업화가 어떻고…,
농사보다는 공장 일이 어떻고…,
나는 도무지 알아들을 수 없는 뭐 그런 이야기들이었다. 어른들의 이야기와 상관없이 이발 뒤 다른 모습이 되는 것이 신기했다. 물론 멋있게 보였고 스포츠머리로 상쾌해진 내 머리칼이 마음에 들었다. 어차피 마을에 한 개밖에 없는 이발소였다. 이발사 아저씨도 마을에 사는 이웃이었다. 마을 사람들 누구나 단골이었다. 어느 바람 좋은 날에는 이발소 앞에서 막걸리판이 벌어지곤 했다. 평상에 둘러앉은 마을 어른들은 논일 밭일들을 품앗이하는 사이였다. 이발사 아저씨도 그리 크지 않은 농사를 지었다. 이발소가 빤히 보이는 역 앞 공터가 놀이터여서 나는 아저씨에게 자주 불려갔다. 작은 심부름 하나에도 아저씨는 꼭 과잣값을 주셨다. 과잣값이 아닐 때는 삼각형 모양 우유를 주셨다. 귀한 우유였고 정말 고소한 우유였다. 이발소 아저씨는 마을 사람들 머리칼을 늘 도맡아왔듯 마을의 대소사를 많이 맡았다. 마을 어른이 돌아가시면 그 집 장례를 도왔다. 염을 해주고 묏자리를 잡아주고 상여 앞에서 종을 울리며 알아들을 수 없는 곡을 했다. 나는 그 이발사 아저씨를 왜 좋아한 것일까?

이발소 거울 위에는 커다란 액자 하나가 걸려 있었다. 그 액자 속에는 돼지 한 마리가 무척 많은 새끼에게 젖을 물리고 있었다. 그리고 액자 유리에는 하얀 글씨로 도무지 모를 글귀가 적혀 있었다.

삶이 그대를 속일지라도
슬퍼하거나
노여워하지 마라.

중학교 때 알았다. 이발소에 갈 때마다 만난 이 글귀가 알렉산드르 세르게예비치 푸시킨, 러시아의 시인·소설가 (1799~1837)의 시라는 것을 말이다. 내가 더 커서 여러 시를 읽고 한 가지 더 알았다. 바로 이 시가 내가 세상에 태어나 최초로 만난 시이고 그때부터 내 시의 세계가 열렸다는 것을 말이다. 물론 어린 나이에 '삶'이라는 말은 너무나 어려운 단어였다. 속이는 것과 노여움은 얼핏 알아들을 수 있었다. 거짓말과 화를 내지 말라는 그런 의미로 받아들였다. 중학교 이후로도 '푸시킨'은 오랫동안 내게 정말 많은 질문을 쏟아 놓았다. 인생의 본질이 무엇일까? 인간의 고독이 무엇일까? 참고 견디면 즐거운 날이 오게 될까? 살면서 슬픈 날들이 끝없이 이어질 때마다 나는 생각했다. 모든 삶이 희로애락을 동일하게 병행하는 걸까? 그렇게 살아온 시간이 지나면 다 지워지는 걸까? 그것이 오히려 선명한 그리움이 될까? 나는 '푸시킨'의 무수한 질문 속에서 내 삶에 있어 중요한 한 가지 상징물을 뒤늦게 찾았다.

그 시절을 내게 정의해주려고 다가온 것일까? 우연히 아주 우연히 오용택 화가를 만났다. 짧은 인연치고는 조금 긴 술잔을 기울일 때였다. 이야기 중에 이발소가 나왔다. 나는 어린 시절 나를 관통한 이발소의 빨래판이 떠올랐다. 내가 빨래판을 말하자 오용택 화가는 이발소 보기가 힘들다고 말했다. 운 좋게 이발소를 만나도 70년대 이발소 풍경과는 아주 다르다고 말했다. 나는 순간 이발사 아저씨가 떠올랐고 오용택 화가는 70년대 이발소를 '이발리즘'이라고 지칭했다. 나는 순간 가슴이 마구 뛰었다. 맞는 말이었다. 어렸을 때부터 내재적 관점에서 나는 이발리스터였다. 찾아보면 이발소야 있겠지만 내게 중요한 것은 그 이발소는 그냥 이발소가 아니었다. 한 시대를 주도한 이발사 아저씨를 만난 곳이었다. 그 시절 이발소는 마을 공동체의 산실이었다. 마을 사람들의 크고 작은 일들의 출발지였다. 머리카락을 단정하게 자르고 잔칫집을 가고 명절을 맞이하고 정갈한 마음으로 제사를 지냈다. 그때는 몰랐다. 이발사 아저씨는 푸시킨을 닮은 내 삶의 사상가이자 최초의 시인이었다. 빨래판 위에 앉은 내 머리가 바닥으로 곤두박질할 때마다 내 몸의 중심을 바로 잡아주던 사상가였다.

김매기

며칠만 더 학교에 나오면 여름 방학이 시작될 터였다. 얼마나 손꼽아 기다린 방학이던가? 매일 친구들이랑 산에서 들판에서 강가에서 놀기로 약속했다. 그러나 방학 첫날 아침이었다. 해가 떠오르자마자 나는 엄마에게 옥수수밭으로 끌려나갔다. 그런데 이게 무슨 밭이었더라? 밭을 보는 순간 나는 숨이 탁 막혀왔다. 풀들이 옥수수를 완전히 뒤덮은 풀밭이 되어 버렸다. 이걸 언제 다 뽑는단 말인가? 그래도 엄마는 태연한 표정으로 밭고랑 하나를 잡고 풀을 뽑으며 앞장서 나아갔다. 방학 첫날부터 불만투성이였다. 그러나 도리가 없었다. 나도 밭고랑을 하나 잡고 호미질을 시작했다. 뙤약볕이 송곳처럼 얼굴과 살갗을 찔렀다. 채한 시간이나 지났을까? 살갗에 미세한 물집들이 일어났다. 벌겋게 달아오른 얼굴도 화끈거렸다. 온몸에 땀이 쉴 새 없이 흘렀다. 이제 겨우 세 고랑째 김매기였다. 엄마는 옥수수 포기와 포기 사이에 풀을 뽑은 뒤 흙을 부드럽게 주물러주라고 했다. 풀 뽑기도 바쁜데 언제 그것까지 하나? 나는 대충 흙덩어리들을 주물럭거리며 생각했다. 아무래도 오늘 안에 끝이 날 것 같지 않은 김매기였다. 풀이 차지한 밭고랑을 호미질 할 때마다 목구멍이 타들어 갔다. 허리가 끊어질 것 같았다. 장딴지 아래로 혈액순환이 멈춘 것 같았다. 무릎이 접힌 채로 굳어버릴 것 같았다. 몇 걸음 못 가 주저앉을 것 같았다. 고랑과 고랑 사이에 쓰러질 것 같았다. 그래도 죽으라는 법은 없는 것 같았다. 드디어 점심시간이 되었다.

　나무 그늘에서 보리밥을 고추장에 비벼 먹었다. 빠른 내 숟가락질에 밥그릇이 뚝딱 비워졌다. 소금 알갱이들이 하얗게 들러붙은 윗옷을 벗어버렸다. 그늘에 벌러덩 누웠다. 매미 울음소리가 요란하게 들렸다. 스르르 졸음이 쏟아졌다. 선잠을 깨기 싫었다. 정말 일어나기 싫었다. 그러나 오늘 안에 김매기를 마쳐야 했다. 그래야 내일 아이들이랑 놀 수 있을 것 같았다. 다시 밭고랑을 엉금엉금 기었다. 빤질빤질해진 호미에서 햇빛이 반짝반짝 빛났다. 오후로 넘어갈수록 아침 햇볕보다 훨씬 더 뜨거웠다. 그래도 다행이었다. 오전에 엄두가 안 나던 김매기가 끝이 보였다. 이제 몇 고랑만 더 마치면 김매기가 끝날 것 같았다. 마지막 고랑을 엄마에게 맡기고 나는 허리를 펴고 일어났다. 관절마다 우두두 소리가 나는 것 같았다. 나는 휙 옥수수밭을 둘러보았다. 어느새 풀밭이 옥수수밭으로 변해 있었다. 징글징글한 햇볕도 서쪽 하늘을 붉게 물들이고 있었다. 하루가 꼬박 김매기 때문에 지나가 버렸다. 약속한 아이들이랑 놀지도 못하고 여름 방학 하루가 통째로 날아가 버렸다. 풀밭이 옥수수밭으로 다시 돌아왔을 때 그 뿌듯함은 잠깐이었다.

    그래도 여름 방학이 아니던가? 그날 밤 아이들이 물놀이를 가자고 했다. 그러나 몸이 천근만근이었다. 마음은 아이들과 강가에서 물놀이 중이었고 몸은 방바닥에 붙어 버렸다. 그뿐만이 아니었다. 타버린 팔다리 어깨와 얼굴이 간지럽고 쓰라렸다. 나는 도무지 어떻게 잠이 들었는지 모르고 아침이 다시 밝았다. 아침을 먹자마자 엄마에게 나는 또 밭으로 끌려나갔다. 이번에는 고구마밭이었다. 아니다 그냥 풀밭이었다. 풀을 뽑는 것보다 고구마 줄기를 뽑는 것이 빠를 것 같았다. 어쨌거나 엄마는 여름 방학 동안 내가 김매기 할 밭은 고구마밭이 마지막이라고 했다. 힘들어도 이 정도는 해야 할 일이었다. 어차피 방학 숙제에 "부모님 도와 드리고 그 내용을 쓰는 글쓰기" 과제가 있었다. 여러 숙제 중 한 줄 짜리 과제였지만 무진장 어렵고 고된 과제였다. 그래도 방학 초기에 과제를 해놓으면 줄기차게 놀 수 있다고 생각했다. 그러나 밭고랑은 길었다. 햇볕은 어제보다 더 뜨거웠다. 옥수수밭보다 풀들이 더 억셌다. 호미를 잡은 손바닥이 쓰라렸다. 흙덩어리를 부수던 손가락 끝에 마비가 왔다. 목덜미는 피부가 한 꺼풀 벗겨졌는지 생살을 후벼대듯 아팠다. 그래도 시작이 있으면 끝이 있다는 그 말이 얼마나 고마운 말인지 그때 알았다. 비알진 산기슭 고구마밭 너머 뒷산으로 해가 지며 하늘을 붉게 물들이는 노을이 아름답다는 것도 그때 처음 알았다.

엄마는 약속을 지켰다. 다음 날 아침 일찍 밥상을 차려 놓고 혼자 밭으로 나섰다. 나는 아이들과 노는 방학이 정말 좋았다. 바다에 가서 수영하고 노래미 낚시하고 강에서 또 수영하고 은어 낚시하고 공도 차고 들판과 산을 온종일 누볐다. 그렇게 한 일주일이 지났을까? 엄마가 방학이 아직 많이 남았으니 놀 시간이 많다고 했다. 그다음 날 아침이었다. 나는 다시 호미를 잡고 옥수수밭으로 나가야 했다. 풀은 정말 빠르게 자랐다. 고작 일주일을 넘겼을 뿐이 아니던가? 그런데도 풀들은 가득했다. 뙤약볕 아래에서도 시퍼렇게 자라는 풀들이 지겨웠다. 타들어 갈 것 같은 열기에도 꿋꿋하게 버티는 풀들이 징그러웠다. 사실 옥수수밭을 보자마자 나는 생각했다. 내일은 고구마밭으로 끌려가야 하나? 내 예상은 빗나가지 않았다. 온종일 고구마밭 김매기가 끝나자 감자를 캐야 했고 옥수수를 따야 했다. 수확이 끝난 밭은 아버지의 쟁기질 뒤 튼실한 밭고랑이 다시 세워졌다. 고랑마다 파종이 끝나면 김매기, 김매기가 끝나면 비료 주기, 비료 주기가 끝나면 다시 김매기가 이어졌다. 농사일은 반복이었다. 무한 반복이었다. 김매기를 멈추면 그냥 풀밭이 되어 버렸다. 땅은 거짓말을 하지 않는다는 말은 그런 거였다. 게으르면 아무것도 건질 수 없다는 거였다. 바로 그런 거였다.

파종할 때 농작물 이름과 함께 얻은 밭 이름을 지키려면 나도 신나게 놀 수 있는 날들이 줄어야 했다. 그러나 나는 시퍼런 풀밭이 싫었다. 끝이 없는 김매기가 지겨웠다. 내

게으름만큼 밭들은 엄마가 김매기 한 뒤 잠깐 제 이름으로
불렸다. 풀들은 앞다투어 농작물들을 점령했다. 철없던 초
등학생을 지나 반항기의 중학생을 지나 고등학교에 입학
할 때쯤 나는 엄마 대신 밭고랑을 오체투지로 기고 싶었
다. 학교에 가지 않는 날이나 방학을 기다렸다. 엄마에게
끌려나가지 않았다. 스스로 김매기에 돌입했다. 그러나 밭
고랑을 헤치고 나가는 내 몸을 풀들이 거칠게 감았다. 나
는 팔다리를 칭칭 감긴 채 한동안 밭고랑에서 움직이지 못
했다. 파랗게 질린 내 이마에서는 푸른 물이 뚝뚝 떨어졌
다. 그때마다 엄마의 손에 의해 나는 구출되어 책상 앞에
앉혀졌다. 엄마가 독차지한 풀밭들 속의 농작물들은 더디
자랐다. 뙤약볕이 엄마 정수리에 꽂히는 여름이 지나면 수
확한 농작물을 팔아 사다 준 공책마다 나는 활자들을 심었
다. 활자들은 더디 자랐고 교과서 내용보다 낙서장이 된
내 공책들은 점점 풀밭을 닮아 갔다. 자꾸 쓰다만 문장들
이 풀 속에 묻히고 교과서 과목 공책들은 수확기가 다가올
수록 창작노트가 되어갔다. 결국 내 공책들은 엄마도 김매
기가 불가능한 시퍼런 풀밭들이 되어 버렸다. 내 운명은
그때부터 시인의 길을 가야 했던 것일까? 엄마의 바람은
공무원이었다. 그러나 나는 결국, 잡초 속에서 전전긍긍하
는 김매기 시인이 되었다.

벽돌 공장

    내 마음속에 커다란 벽돌 공장 하나가 있다. 오래전부터 기억의 편린들을 모아 완성한 벽돌 공장이다. 그 오래된 내 기억들은 부분적으로 재편되거나 믿고 싶은 쪽으로 강화되어온 걸까? 기억 속에 각인된 내 어린 날 초등학교도 무진장 컸다. 그러나 내가 커서 찾은 학교 건물은 초라했다. 그렇게 크게 보이던 운동장도 좁았다. 벽돌 공장도 아직 남아 있었다면 마찬가지였을까? 내 기억을 부정한 어머니와 형제의 말을 들어보면 그럴 것 같다. 그러나 모두 벽돌 공장의 규모를 한없이 작게 만들어도 나는 드넓은 그 벽돌 공장을 초라하게 만들고 싶지 않다.

    내가 서너 살 때 의정부 미군 부대 옆으로 기억한다. 드넓은 벽돌 공장 마당 한쪽에는 집이 한 채 있었다. 마당에는 방금 찍은 블록과 벽돌이 햇빛을 받아들이고 있었다. 벽돌 공장을 감싼 울타리 입구 공터에는 덤프트럭이 쏟아놓은 모래더미가 있었다. 바로 옆에는 3미터쯤 되는 굵은 막대기 세 개가 삼각뿔 모양으로 서 있었다. 막대기 끝 세

개가 모인 꼭짓점에는 밧줄로 칭칭 감겨 있었고 넓게 벌린 삼각형 모양의 막대기 세 개는 땅에 묻혀 있었다. 피뢰침 같은 그 꼭짓점에서 드리워진 밧줄 한 가닥 끝에는 모래를 체질하는 체 한 대가 매달려 있었다. 모래를 체질하는 체는 직사각형이었고 널빤지로 옆면을 만들었다. 물론 바닥은 철망이었고 손잡이 부분만 동그랗게 깎여 있었다. 그 손잡이를 잡고 체질하면 가는 모래가 미리 깔아놓은 철판 위에 쌓였다. 가는 모래를 시멘트와 섞은 뒤 물을 부어가며 삽으로 비비면 블록과 벽돌을 찍을 수 있는 시멘트 반죽이 되었다. 최상급 블록이나 벽돌이 되려면 모래와 시멘트 그리고 물의 비율이 중요했다.

어느 날은 아버지가 온종일 덤프트럭이 부려놓은 모래를 체질했다. 망에서 걸러진 돌멩이들은 예뻤다. 모래 속에 있었던 돌이어서였을까? 돌멩이들은 동그랗고 매끄러웠다. 형제와 나는 그 돌멩이들을 깨끗이 닦아서 공기놀이를 했고 아버지는 마당에서 블록과 벽돌을 송판 위에 부지런히 찍었다. 막 찍어낸 블록과 벽돌은 이제 막 모양을 갖춘 것이어서 건드리면 와르르 부서졌다. 건축물로 강력한 힘을 발휘하려면 바싹 말라야 했다. 잘 마르기 전까지 그 블록과 벽돌들은 마당에 줄지어 서 있었다. 블록과 벽돌 받침대로 쓴 송판도 시멘트 성분에 의해 굳어 버리면 블록과 벽돌이 잘 떨어지지 않았다. 그래서 아버지는 송판에 검은 콜타르를 골고루 묻혔다. 블록은 송판 한 장에 한 개씩 벽돌은 열 장씩 올려졌다. 마당에 아버지가 찍은 블록과 벽돌이 가득한 날은 마치 무논에 모내기를 마친 것처럼 어머니가 만둣국을 끓였다. 그저 한 끼니의 만둣국이 아니었다. 며칠을 먹어도 될 만큼 밥상 위에 한가득 만두를 빚어 놓았다. 그 만두들 모습이 블록이나 벽돌처럼 질서정연했다.

아버지는 살림살이를 위해 블록과 벽돌을 늘 갓난아기 다루듯 보살펴야 했다. 행여 바람에 쓰러질까 걱정했고 공터 쪽에서 날아든 축구공에 노심초사했다. 햇볕도 마구 쬐는 것이 아니었다. 너무 일조량이 많으면 곤란했다. 그래서 블록과 벽돌을 견고하게 만들기 위해 자주 호스로 물을 뿌리곤 했다. 물에 젖은 블록과 벽돌은 다시 햇볕을 몸으로 받아들이며 튼튼하게 굳어 갔다. 아버지는 매번 새로 찍은 블록과 벽돌에 정성을 다했다. 블록과 벽돌들은 언제나 아버지 손길이 필요했다. 그만큼 블록과 벽돌은 우리집 살림살이를 지켜줬다. 그러나 적이 있었다. 둥근 기둥을 만들며 공장을 향해 돌진하는 회오리바람이었다. 그 위용이 대단했다. 그래서일까? 나는 일정한 방향으로 몰아치는 회오리바람이 유난히 무서웠다. 회오리바람 속에는 비닐봉지와 흙먼지가 섞여 있었다. 회오리바람은 공장으로 다가올수록 점점 더 큰 기둥을 만들었다. 아버지가 체질한 가는 모래는 회오리바람에 휘감겨 버렸고 덜 굳은 벽돌들이 엉망이 되었다. 회오리바람이 지나가면 아버지는 마당을 보며 망연자실했다. 당연히 우리 가족은 한동안 배를 곯아야 했다.

악재는 또 있었다. 자주 부다다당! 소리를 내며 헬리콥터가 날아다녔다. 엄청난 헬리콥터 소리도 공포였지만 무진장 큰 헬리콥터가 날아갈 때 집도 마당도 흔들렸다. 큰 바람도 일으켰다. 그냥 흔한 바람이 아니었다. 회오리바람은 약과였다. 어느 날은 여러 대가 한꺼번에 날았다. 그야말로 벼락이 치는 소리였다. 헬리콥터의 울부짖음이 괴물 같았다. 작은 내 몸이 날아갈 것 같았다. 가로수를 끌어안았다. 잡을 것이 없을 때는 납작 엎드려야 했다. 쇳덩어리의 크기가 너무도 무거운 탓이었을까? 헬리콥터의 프로펠러는 엄청난 크기였다. 소리도 바람도 꼭 현실이 아닌 것 같았다. 머리 위를 지날 때는 모래 알갱이들이 얼굴을 세차게 때렸다. 도무지 눈을 뜰 수 없었다. 나는 물론이고 아버지에게 헬리콥터는 엄청난 적이었다. 그 헬리콥터들은 예고도 없었다. 제멋대로 마구 날아다녔다. 아버지와 내 얼굴을 자주 일그러뜨렸다.

아버지는 그 난관 속에서도 공장을 다시 일으켰다. 망가진 벽돌을 치우고 굵은 모래를 체질하고 시멘트 반죽을 만들고 기계로 벽돌을 찍고 또 두 팔로 블록을 찍고 송판에 콜타르를 묻히고 블록과 벽돌에 물을 주고 단단해진 블록과 벽돌을 마당 한쪽에 차곡차곡 쌓았다. 땅바닥이 안 보이도록 채우고 한 층 두 층 쌓인 블록과 벽돌이 성곽을 이룰 때였다. 날씨는 어느덧 봄을 지나 여름이 다가왔다. 한 칸짜리 집에는 식구들이 많았다. 열대야가 심한 날이었다. 아버지가 나를 데리고 블록과 벽돌로 만든 성곽으로 올라

갔다. 이내 이불을 두껍게 깔았다. 나는 그 자리에 베개를 베고 누웠다. 그때였다. 별천지를 보았다. 별들이 와르르 쏟아질 것 같았다. 어두운 밤하늘이 아니었다. 너무도 환한 별들이 빼곡했다. 갑자기 하늘 한복판에서 미끄러지는 별을 보았다. 그때 아버지가 얼른 소원을 빌라고 했다. 그러나 소원을 빌 틈이 없었다. 별똥별은 눈앞에서 빠르게 사라졌다. 저 별이 북극성이고 저 별자리는 큰곰자리 저 별자리는 작은곰자리 저 별자리는 오리온이고 저 별자리는 카시오페이아이다. 아까 저녁 서쪽에 제일 먼저 뜬 별이 개밥바라기별인데 샛별이라고도 하고 금성이라고도 한다. 나는 성곽 위에서 별천지 속 별자리를 알았고 하늘에 은하수가 흐르는 것을 알았고 지구가 태양을 중심으로 돈다는 것도 알았고 요일들이 금성처럼 행성들이라는 것을 알았고 지구 밖에 별들이 있다는 걸 알았고 대기권 밖을 우주라고 한다는 것도 알았다.

우리 가족이 다 부정한 내 기억 중 벽돌 공장이 폐업의 길을 밟았던 건 명백한 사실이었다. 미리 만들어 놓은 블록과 벽돌이 제때 팔리지 않았다. 당연히 수입도 줄었고 가세도 기울었다. 몇 차례 헬리콥터와 회오리바람의 습격도 이어졌다. 없는 돈에 원자재를 외상으로 사들여야 했고 외상이 더는 안 될 때쯤 벽돌 공장에서 우리 가족은 이삿짐 보따리를 여러 개 묶어야 했다. 그날 밤 기차는 오래 달렸다 어둠 속을 길게 달렸다. 묵호역까지는 하루하고도 반나절이 꼬박 걸렸다. 우리 가족이 무사히 개찰구를 빠져나오자 비로소 아버지의 폐업이 완성되었다. 그날 이후 아버지는 소작농에 바빴고 광부로 바빴고 힘든 막노동을 마친 날도 벽돌 공장을 말하지 않았다. 헐벗고 배고프던 벽돌 공장을 말하지 않았다. 땀냄새 가득한 마당 곁 움막을 말하지 않았다. 아버지가 돌아가실 때도 성곽 위 아름다운 별자리를 말하지 않았다. 그러나 기차 안에서 내가 만지작거리던 벽돌 공장 돌멩이들은 오래 반짝거렸다. 주머니 속에서 돌멩이들이 반짝거릴 때마다 벽돌 공장은 각인되었다. 각인된 기억은 나날이 강화되었다. 강화된 기억이 끝내 커다란 벽돌 공장을 완성했다. 성곽도 넓어지고 높아졌다. 유년기 내내 모래알처럼 펼쳐진 별천지도 눈부셨다. 그러나 내 주머니 속에서 반짝이던 돌멩이들이 어느 순간 행적을 감췄다. 어디로 갔을까? 기억을 더듬어도 알 수 없다. 그러나 괜찮다. 마음속에 완성된 벽돌 공장 성곽 위에서 돌멩이들이 여전히 빛나고 있다.

내
커피의
적당한 농도는
30
도

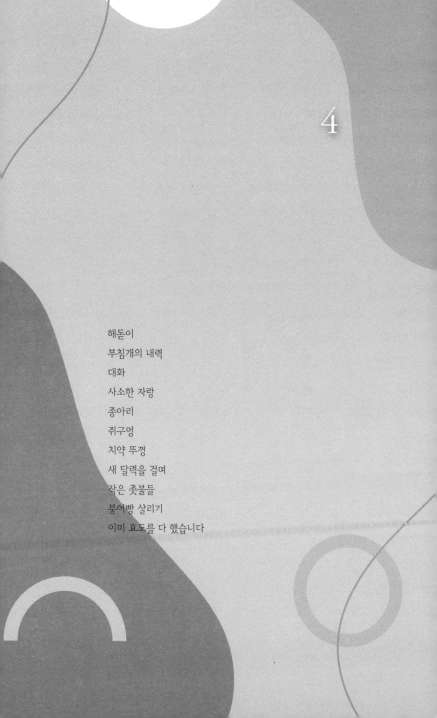

4

해돋이

부침개의 내력

대화

사소한 자랑

종아리

쥐구멍

치약 뚜껑

새 달력을 걸며

작은 촛불들

붕어빵 살리기

이미 효도를 다 했습니다

"명지네이, 시장 가재이!"

할머니가 딸내미를 큰 소리로 부른다. 방에 있던 일곱 살짜리 딸내미가 반색하며 할머니를 총총총 따라나선다. 그리 길지 않은 시간이 지나고 현관문이 활짝 열리며 격앙된 딸내미 목소리 들린다.

"아빠! 아빠!"

현관을 들어서는 딸내미 손에는 어김없이 과자 한 봉지가 들려있다. 할머니 손에는 무 하나가 담긴 비닐봉지가 흔들린다. 잠시 후 또 할머니 목소리가 들린다.

"명지네이, 시장 가재이!"

방에 있던 딸내미가 막 현관문을 나서는 할머니 뒤를 쫓는다. 이십여 분이 지났을까? 시장에서 나란히 돌아오는 할머니 손에는 역시 배추 한 포기가 담긴 비닐봉지 하나가 흔들리고 딸내미 손에는 과자 한 봉지가 들려 있다. 아침 일찍부터 나물 몇 가지로 시작한 시장 보기가 오늘 벌써 네 번째다. 그러나 딸내미는 몇 번째이든 상관없다. 한두 번도 아니고 매번 한 가지만 사시는 할머니가 재미있는지

시장 가자는 할머니 부름에 딸내미는 만사를 제쳐놓고 따라나선다.

배추 한 포기 달랑 담긴 비닐봉지를 내려놓으시며 어머니 한 말씀 부려 놓는다.
"아이고 고뱅이야!"
곁에 있던 딸내미가 까르르 웃으며 말한다.
"할머니 고뱅이가 뭐에요?"
할머니가 대답한다.
"그래, 그래, 조금 있다가 또 가자." "거기 봉다리 좀 갖고 온나."
가는 귀 때문에 딸내미의 말을 듣지 못한 탓일까? 할머니 말씀이 무슨 말인지 이해가 안 되는 딸내미는 봉다리가 뭐냐고 묻고 할머니는 저기 안방 구들장에 가면 있다고 한다. 또 딸내미는 구들장이 뭐냐고 묻고 할머니는 우리 명진이 예쁘다고 하신다. 내내 듣고 있던 여동생이 웃으며 어머니께 한마디 한다. 어차피 내일 아침 차례상 보려면 시장을 다녀와야 하는데 힘드시게 왜 자꾸 사다 나르시냐고. 그러니까 아무 걱정하지 마시고 그냥 쉬시라고 거푸 말한다. 그러나 어머니는 한마디 한마디 꼬박꼬박 응수하신다. 그게 아니다. 이렇게 몇 번 왔다 갔다 하면 훨씬 싸게 먹힌다. 마음먹고 시장 돌려면 사고 싶은 것이 너무 많아서 딱 살 것만 사고 뒤도 안 돌아보고 와야 돈이 덜 든다고 말씀하신다.

오후가 되었다. 드디어 누나와 매형이 강원도 동해에서 출발한 지 서너 시간 만에 도착했다. 형과 여동생 그리고 부산에서 달려온 우리 가족까지 어머니 집에 모처럼 다 모였다. 온 가족이 모인 이유가 있다. 형이 어머니를 인천으로 모셔온 지 한 해가 지나고 처음 맞는 설날이기 때문이다. 어머니는 아버지가 돌아가시고 특별히 할 일이 없는 시골에 혼자 사셨다. 소작농을 하던 아버지는 풍을 맞고 쓰러지셨다. 심각한 암도 걸리셨다. 어머니는 십여 년을 아버지 병수발을 하셨다. 와중에 쥐포 공장을 다녔다. 4남매 공부 때문이었다. 지겨워서 고향을 떠나고 싶을 만도 한데 그렇지 않은 모양이었다. 형의 설득에도 몇 해를 버티시다가 결국 인천으로 이사를 오셨다.

밥상에서 술상이 이어지고 두런두런 이야기를 나누고 있을 때였다. 딸내미는 할머니에게 매달려 계속 질문을 했다. 그러나 완전히 동문서답이었다. 그 모습에 가족들은 연방 웃음보가 터졌다. 가족 모두 잠자리에 들었을 때도 어머니와 딸내미는 나란히 누워 무슨 이야기를 재미있게 주고받는지 소곤거리는 소리가 끊어지지 않았다. 언제쯤 잠들었을까? 쿵쾅거리는 요란한 소리에 눈을 떠보니 벌써 일어난 딸내미가 이 방 저 방을 뛰어다니고 있었다. 그런데 딸내미가 갑자기 책가방을 열고 스케치북을 꺼냈다. 이내 크레파스 뚜껑을 열더니 방바닥에 엎드려 그림을 그리기 시작했다. 얼마나 지났을까? 그림을 다 그렸는지 조용하던 딸내미가 다시 이 방 저 방을 뛰어다니기 시작했다.

그리고는 잠시 후 할머니 손을 잡고 이 방 저 방으로 할머니를 이끌기 시작했다.

"우리 딸! 할머니 괴롭히면 안 되지!"

애 엄마가 한마디 하며 딸내미가 이 방 저 방에 붙인 그림들을 떼어서 문갑 위에 올려놓았다. 그때였다. 어머니가 괜찮다 괜찮으니까 가만 두거라 하시며 두 손으로 경건히 해를 건져 올리듯 그림들을 제자리에 붙여놓고 안방 벽에도 시뻘건 해가 그려진 그림 한 장을 붙여 놓았다. 일순 설날 아침 새로운 햇살이 쏟아지고 할머니와 딸내미가 만든 육십갑자 새해가 가족들 얼굴로 눈부시게 번져갔다.

오랜만이었다. 온 가족이 모여 차례를 지낸 뒤 어머니께 세배를 드렸다. 잠시 후 어머니의 지갑으로 시선이 모였다. 어머니 지갑 속에는 천 원짜리와 동전이 가득했다. 여동생이 웃으며 천 원짜리 말고 만 원짜리 좀 달라고 했다. 그러자 어머니는 진중한 듯 가벼운 듯한 말씀 툭 뱉으셨다.

"빈 병 모으고 폐지 주워서 모은 돈이여."

여동생이 어머니 말씀에 네, 네, 고맙습니다. 연방 경쾌한 추임새를 넣었다. 어머니는 이어서 형제들에게 천 원짜리 한 장씩을 주신다. 딸내미에게는 고쟁이 속주머니에서 꼬깃꼬깃 접은 만 원짜리 한 장 꺼내 주신다.

음식을 먹을 만큼 먹은 늦은 오후였다. 동해로 향할 매형과 누나가 탄 승용차가 먼저 시동을 걸었다. 부산으로 향하는 우리 차도 뒤를 이어 시동을 걸었다. 배웅하는 어머니 눈시울이 젖어갈 때쯤 딸내미가 할머니 같이 가자고 징징거렸다. 할머니는 다음에 놀러 오라며 딸내미 머리칼을 쓸어 주셨다. 끝내 딸내미 펑펑 울음이 터지고 말았다. 승용차 바퀴가 구르기 시작했다. 우리 차를 놓칠세라 어머니 눈길이 뒤를 따랐다. 좌회전 신호등을 받고 우리 차가 사라질 때까지 어머니 눈길이 우리 차를 길게 따랐다.

부침개의 내력

갑자기 창밖에서 굵은 빗소리가 들린다. 아니나 다를까. 서둘러 노인정에서 돌아오신 어머니가 부엌에서 분주하다. 오늘처럼 비가 오는 날이면 어머니는 꼭 부침개를 부친다. 그래서일까? 어머니의 부침개 굽는 소리가 빗소리를 닮았다. 때맞춰 현관문 앞에서 후다닥 소리가 들린다. 학교에서 돌아온 초등학생 딸내미다. 집안으로 들어서자마자 젖은 옷을 벗으며 할머니께 묻는다. 슬쩍 한 번 물어보던 평소와 오늘은 다르다. 그동안 품었던 의혹을 풀겠다는 듯 이유를 묻고 또 묻는다.

"할머니 비가 올 때마다 왜 부침개를 부치는 거예요."

"비가 오잖여. 비가 온게 부침개를 부치는 거여."

"할머니! 그러니까 왜 비만 오면 부침개를 부치냐고요?"

"비 오는 날에 더 맛이 있은게 그라지."

딸내미는 궁금증이 해결되지 않은 듯 꼬치꼬치 묻는다. 할머니는 딸내미의 궁금증이 귀여운 듯 자꾸 웃음을 짓는다. 어머니는 밀가루를 담은 반죽 통에 물을 적당히 붓는다. 반죽이 시작된다. 다시 물을 조금 붓는다. 반죽이 이어진다. 잠시 뒤 밀가루 반죽을 한 국자 푹 떠서 반죽의 정도를 가늠하실 것이다. 밀가루가 잘 풀린 반죽은 조르르 소리를 내고 걸쭉한 반죽은 둔탁한 소리를 낼 것이다. 무슨 음식이든 다 마찬가지이다. 식탁에 오를 때까지 정성을 쏟아야 한다. 맛이 있어야 하는 건 당연한 것이다. 그런 면에서 부침개의 맛은 반죽의 맛이다. 이 말은 사실상 과언이 아니다. 반죽을 할 때는 물과 밀가루의 비율이 대단히 중요하다. 무엇보다도 소금으로 간을 맞추는 것을 잊어서는 안 된다. 노동의 결정체를 고스란히 닮은 소금 알갱이들은 살신성인한다. 흔적 없이 녹는다. 이것도 저것도 아닌 맛을 제대로 일깨운다. 싱거운 물의 심성을 적절히 짜게 만든다. 밀가루의 냉랭함을 고소하게 만든다. 소금물은 각자 미약한 맛을 하나로 응집시키듯 반죽 전체를 끈끈하게 응집시킨다. 이렇듯 소금과 물이 밀가루를 만나 다른 몸으로 탄생하는 것이 반죽이다. 그런데 묽든 되든 어차피 익히면 똑같다고 생각하면 곤란하다. 반죽 그것이 왜 중요한 것인가 하면, 프라이팬에서 구워질 부침개 두께 때문이다. 걸쭉하게 반죽이 되면 부침개는 어쩔 수 없이 두꺼워진다. 생밀가루가 씹히는 것 같아서 맛이 뚝 떨어진다. 너무 묽게 반죽을 하면 윗면이 잘 익지 않고 밑면은 타게 된다. 더구나 제대로 모양이 나오지 않는다. 찢어지기 일쑤이다. 그리하여 반죽의 농도는 예술 작품이다. 단박에 할 수 없는 작품이다. 대충 해도 원자재가 좋으면 된다는 생각은 금물이다. 부침개에 들어갈 모든 재료는 원석이고 그 원석으로 만든 반죽부터가 원자재이기 때문이다. 노릇노

릇 잘 구워져 고소한 향기를 뿜는 부침개를 본 적이 있는
가? 나도 모르게 탄성이 나오지 않던가? 한 생을 뜨겁게
건너온 경이로움이 느껴지지 않던가? 그래서 나는 부침개
를 어머니 삶의 소산이라고 생각한다. 두껍지도 않고 얇지
도 않은 그 절묘한 부침개를 어머니라고 생각한다.

  드디어 반죽을 마쳤다. 어머니가 휴대용 가스레인지에
불을 켠다. 프라이팬을 얹고 냉장고에서 김치통을 꺼낸다.
이제 준비는 끝났다. 어머니가 달궈진 프라이팬에 콩기름
을 두르는 소리가 들린다. 한 국자 반죽을 프라이팬에 붓
는다. 순간 기다렸다는 듯 어김없이 소나기 쏟아지는 소리
가 들린다. 적당량의 반죽이 프라이팬에 얇게 깔린다. 저
렇듯 얇게 부치는 부침개의 두께가 핵심적 기술이다. 밀가
루와 물 그리고 소금이 황금비율로 어우러진 반죽의 농도
가 아름답게 익어간다. 이때다. 미리 손으로 찢어놓은 김
치를 반쯤 익은 반죽에 얹는다. 매콤한 향기가 코끝에 매
달린다. 부침개가 노릇노릇 부쳐진다. 예고된 잔칫날은 다
른 부침개를 만난다. 시간적 여유를 가지고 준비하기에 종
류도 다양하다. 부추, 파, 각종 해물을 넣고 예쁜 모양으
로 부치게 된다. 그러나 갑자기 찾아온 빗소리에 급조된
부침개는 걸쳐진 김치만으로도 대만족이다. 부침개 부치
는 기술에서 빼놓을 수 없는 기술이 한 가지 더 있다. 반쯤
익은 부침개를 뒤집는 기술이다. 덜 익은 부침개를 함부로
뒤집다가는 찢어지기 일쑤이다. 반 이상 익었는지 충분히
살펴야 한다. 괜히 익지 않은 부침개를 성급하게 들쑤시지

말아야 한다. 전체적으로 눌어붙지 않도록 하는 것도 중요하다. 처음 펼쳐진 반죽이 단 한 번의 뒤집기를 거쳐 완제품으로 생산되어야 한다. 마치 소고기를 구울 때 고기 육즙이 날아가지 않게 하는 것과 같은 원리이다. 그러나 쉬운 일이 아니다. 뒤집기 시점인 반죽 색을 가늠하기가 힘들긴 하다. 별수 없다. 다년간의 경험이 중요하다. 능수능란한 어머니의 뒤집기가 성공하고 부침개 익는 소리가 들린다. 이즈음이면 입맛은 입맛대로 당겨지고 허기가 절정으로 치닫는다. 뒤집기 뒤 생김치가 자칫 잘못하면 타게 된다. 그러면 부침개는 쓴맛이 난다. 한눈을 팔면 눈이 매워지는 느낌이 든다. 그때는 이미 늦었다. 김치 양념이 타버린 것이다. 이렇게 매운 연기가 피어오르면 김치부침개는 실패작이다. 그러나 지금 부침개를 굽는 사람이 누구인가? 부침개 굽기 경력 60여 년의 어머니다. 애초에 기름을 프라이팬에 충분히 두르고 잘 익은 부침개를 결정적일 때 프라이팬에서 들어내지 않았던가? 첫 부침개가 완성되고 두 번째 반죽이 프라이팬에 부어진다. 다시 소나기 소리가 부엌에 한가득 퍼진다.

"자, 먹자. 먹자. 맛있겠다. 먹자."

두 번째 부침개가 익어갈 때 어머니가 첫 부침개 접시를 딸내미와 내 앞에 놓는다. 뜨끈뜨끈한 열기가 얼굴을 감싼다. 잊지 않고 딸내미와 나는 탄성을 지른다. 나는 한 입 베어 문다. 딸내미도 한 입 베어 문다. 오늘도 마찬가지이다. 매콤한 기억이 입안에 번진다. 언제나 그랬다. 아슴아슴한 그 날의 맛 속으로 나를 한없이 끌고 간다.

아버지는 일요일이 없었다. 가을까지 소작농으로, 겨울이면 광부였다. 비 오는 날이 휴일이었다. 그나마 비가 와도 휴일은 가끔이었다. 그날은 어김없이 어머니가 부침개를 부쳤다. 첫 부침개는 당연히 아버지의 몫이었다. 길고 긴 지병 끝에 아버지가 돌아가신 뒤 잘 익은 첫 부침개는 내 몫이 되었다. 아니나 다를까? 어머니가 냉장고에서 막걸리 통을 꺼내신다. 이내 내게 한 잔을 건네며 한마디 하신다.

"비가 오는 날은 부침개에다 막걸리가 최고여!"

"엄니가 마시고 싶으니까 내 핑계를 대는 거 아니셔?"

술잔을 받아들고 너스레를 떠는 내 말에 어머니도 한 말씀 펼치신다.

"니 아부지도 부침개 먹고 싶지 않냐고 꼭 물어보드라. 그냥 구워달라고 않고 말이여!"

그랬다. 아버지는 자신이 먹고 싶거나 하고 싶은 일이 있을 때 언제나 그런 식으로 묻곤 하셨다. 습관이었다. 어머니는 그런 아버지가 얄미웠단다. 그러나 혼자 되신 뒤 미워했던 기억들이 더 선명하게 떠오르는 것 같다. 내 언행이 얄미울 때는 언제나 돌아가신 아버지를 호출하신다. 나는 얼른 어머니가 비운 막걸릿잔에 막걸리를 따라드린다. 그때 딸내미가 부침개를 부쳐보겠다고 프라이팬 앞에 바싹 다가앉는다. 그러나 벌게진 얼굴로 항복을 선언하고 만다.

"아그야, 때가 되문 다 하는 기라."

어머니가 웃으시며 딸아이를 위로한다. 곧이어 잘 구워진 부침개 몇 장이 접시에 올려진다. 할머니 곁에 붙어 앉아 눈동자를 굴리던 딸내미가 할머니께 또다시 묻는다.

　"할머니! 그러니까 비만 오면 왜 부침개를 부치냐니까요?"

대
화

나는 딸아이를 잘 안다. 그러나 착각이었다. 거기서부터 문제의 시작이었다. 월요일 아침이었다. 딸아이가 일어날 시간이 지났다. 이부자리에서 좀처럼 일어나지 않았다. 지각할 것 같았다.

"뭐하니? 어서 일어나!"

나는 버럭 소리를 질렀다. 딸아이는 마지못해 이불 속에서 빠져나왔다. 그러나 행동은 굼떴다. 책가방을 싸는 듯 마는 듯했다. 평소와 아주 달랐다. 계속 뭉그적거리는 아이를 보며 나는 언성을 높였다. 그런데 딸아이가 칭얼거리며 내게 말했다.

"아빠는 아무것도 모르면서 왜 소리만 질러요?"

딸아이의 말이 끝나기 무섭게 나는 단호한 어투로 말 폭탄을 터뜨렸다.

"내가 왜 널 몰라? 다 알고 있어."

"게으름 피우지 말고 얼른 일어나서 움직였어야지."

"아빠가 소리 지를 땐 이미 학교에 갈 시간이 늦었잖아."

내 목소리는 확신적이었고 거칠었다. 그러나 방어할 준

비가 전혀 안 된 내 달팽이관을 관통한 딸아이 목소리에 나는 한순간 할 말을 잃고 말았다.

"아빠! 내가 지금 생리통 때문에 못 일어난 것 알아요?"

사실 무슨 말인지 대뜸 알아들을 수 없었다. 그러나 나는 짧은 순간 뜨악했다. 이걸 어쩌나? 무슨 말을 어떻게 해야 하나? 갑자기 어지럼증이 일었다. 내가 아무 말도 못 하는 사이 딸아이가 화장실에 들어갔다. 이내 내 머릿속을 씻어내듯 물소리가 들려왔다. 대충 세면을 마친 딸아이가 화장실을 나와 제 방으로 들어갔다. 부랴부랴 정신을 차리고 아침밥을 차렸지만 딸아이는 책가방을 멘 채 현관문을 나섰다. 아침을 거른 채 아이가 학교에 간 뒤 나는 아무 일도 할 수 없었다. 한참을 책상에 앉아 딸아이와 지낸 시간을 되짚어 생각했다.

아이를 다 안다는 말은 오해였다. 아니 심각한 오만이었다. 딸아이를 향한 일방적인 폭언이었다. 함께 산다고 다아는 것이 아니었다. 내 아이니까 다 안다는 것은 확증편향이었다. 딸아이는 나와 대화 중에 종종 답답함을 호소했다. 그때 눈치를 챘어야 했다. 그러나 나는 그때마다 빠르게 딸아이와의 대화를 끊었다. 그리고 찍어눌렀다. 내 식으로 이렇게 결론을 전달했다,

"아빠는 너의 성격을 잘 안다."

"좋아하는 것들을 잘 안다."

"싫어하는 것들도 잘 안다."

"너의 마음을 잘 안다."

"무슨 생각을 하고 있는지도 잘 안다."

　모든 대화의 결론은 대화 전에 내가 이미 결정했다. 불통은 그 이유 때문이었다. 매사에 그랬고 오늘 아침도 역시 그랬다. 나는 딸아이 행동이나 말을 들을 때 가식적이었다. 이미 결론을 정해놓고 대화했다. 그건 대화가 아니었다. 우격다짐으로 결론을 내렸고 지시했다. 지나치게 일방적이었다. 내 판단이 많은 부분 현실과 빗나간 것 같다. 그걸 오늘에서야 분명히 알았다. 나는 아이를 잘 모른다. 잘 안다고 혼자만 믿어 왔다. 대화는 언제나 수평적이어야 했다. 그래야 소통이 가능한 일이었다. 딸아이와의 대화는 매사에 수직적 대화였고 딸아이는 매번 스트레스를 받아야 하는 대화였다. 이제는 귀를 활짝 열어야겠다. 대답도 부드러운 대답을 해야겠다. 되도록 질문을 잘 들어야겠다. 섣부른 판단이나 속단을 멈춰야겠다. 하나밖에 없는 내 소중한 딸아이와 이제라도 대화를 해야겠다.

　딸아이와 서점에 가기로 했다. 현관문을 나섰다. 봄바람 좋은 길을 함께 걸었다. 꼬옥 잡은 손이 따뜻했다. 나와 함께 걸을 때는 언제나 반보 앞서야 할 발걸음을 잘 아는 딸아이다. 시각장애인과 함께 걷는 방법을 따로 배운 적도 없다. 그러나 이미 오래전 몸으로 익힌 아빠와의 동행이다. 내가 앞서면 사물들과 부딪힐 위험이 크다. 더구나 사물들과 부딪힐 위험을 인지하지 못하는 내 걸음이 매우 불안하다. 되도록 내 팔을 부축하지 않고 내게 팔을 내어주고 걸어야 한다. 그러나 딸아이와는 손만 잡아도 익숙한 걸음이다. 계단을 걷거나 비포장길을 걸어도 괜찮다. 어릴 때부터였다. 내가 승용차를 타거나 버스를 타고 내릴 때 나를 안전하게 이끌었다. 나는 그때처럼 딸아이의 뒤를 따랐다. 앞선 딸아이 몸의 균형을 느끼고 내 몸의 균형을 삽으며 뒤를 따랐다. 드디어 서점 정문에 도착한 모양이다. 가까이 다가서자 드르르 소리가 들린다. 자동문이었다. 딸아이가 앞서 서점에 들어선다. 나도 바싹 붙어 서점에 들어선다.

오늘뿐만이 아니다. 커피향기도 그렇고 언제나 서점에서는 독특한 냄새가 느껴진다. 아니 특별한 향기가 옳겠다. 문을 열자마자 느껴진다. 진한 나무 향기가 느껴진다. 후각이 만드는 숲이 느껴진다. 온몸의 감각으로 일어서는 형상들이 느껴진다. 스르르 감싸오는 잔잔한 음악 속에서 아름다운 여백이 느껴진다. 하얗게 깨끗한 보자기를 펼친 듯한 들판이 느껴진다.

일단 가볍게 서점을 한 바퀴 돌았다. 쉼터에 잠시 앉았다. 시원한 음료수를 한 잔 마셨다. 딸아이가 말했다.
"아까 지나온 문학 코너에 아빠 시집도 있었다."
"신기하다."
"살까? 말까?"
딸아이가 웃으며 묻는다. 이 순간을 어찌 놓치랴? 대답을 빙자하여 딸아이에게 자랑할 절호의 기회가 왔다.
"바로, 그 시집이 우수문학도서다."
"그래도 사지 마라."
"집에 여러 권 있다."
나는 근엄한 목소리로 농담을 던진다. 그러나 딸아이는 별 반응을 보이지 않는다. 그저 평화로운 목소리로 다시 한 바퀴를 돌자고 한다. 아까와는 달리 이 책 저 책 제목을 읽어준다. 그때마다 나는 그 책들을 손끝으로 더듬어 본다. 활자들에 대한 궁금증이 밀려온다. 눈치를 챈 딸아이가 새로 나온 시집을 설명한다. 익히 아는 시인이 대단히 반갑다. 표4에 적힌 문장들도 향긋하다. 서점을 한 바퀴를 더 돌았을 때였다. 딸아이 품에 책이 한 아름이었다. 다 사고 싶다고 했다. 나는 빙그레 웃으며 만류했다.

"에이! 전시용 수집가는 곤란하지!"

딸아이는 고르고 골랐다. 한참을 골랐다. 사야 할 책보다 내려놓아야 할 책이 더 고민스러운 듯했다. 그러나 결국 책 몇 권을 가슴에 안았다. 집으로 돌아오는 버스에서 딸아이가 말했다. 그 책이 아쉽다. 집에 돌아와서도 다시 사 오지 못한 책들이 내내 아쉽다고 말했다. 나는 하는 수 없이 딸아이에게 이렇게 약속했다.

"오늘 산 책 다 읽으면 아빠가 꼭 같이 가겠다…,"

딸아이는 책 속으로 빨려 들어갈 것 같았다. 조용히 책장 넘기는 소리만 들렸다. 나는 창문을 통해 스미는 봄볕을 맞았다. 이것이 평화인가? 스르르 기분이 좋아졌다. 문득 널리 자랑하고 싶어졌다. 페이스북을 열었다. 천천히 글을 써나갔다. 제목은 딸아이와 서점 데이트로 정했다. 사소한 일이면 어떤가. 자랑이 작은 일이어서 더 좋다. 이질감이 없어서 금상첨화이다. 내 믿음이다. 널리 자랑하려고 시작한 글이 마무리되었다. 다 쓴 글을 페이스북에 올리면 될 일이다. 그 순간이었다 언제 책을 잠시 내려놓았을까?

딸아이가 책상 위에 커피 한 잔을 놓아준다. 내가 글을 쓸 때 자주 가져다주는 따뜻한 커피 한 잔이다. 아주 어릴 때부터 생긴 딸아이의 고마운 습관이다. 다시금 어여쁜 딸아이와 조만간 나설 서점 데이트를 생각한다. 활자들이 뛰어노는 서점의 향기를 생각한다. 그 향기를 마시듯 한 모금 한 모금 따뜻한 커피를 삼킨다. 목젖을 데우는 뿌듯함이 아지랑이를 피어올릴 것 같은 오후이다.

딸아이와 오랜만에 외식에 나섰다. 나는 일부러 흰 지팡이를 접었다. 딸아이와 팔짱을 끼고 걸었다. 몇 걸음을 내디딜 때였다. 세월이 정말 빠름을 직시했다. 딸아이는 어느새 훌쩍 컸다. 나와 보폭이 비슷했다. 내 한 보폭에 종종거리며 따르던 걸음이 아니었다. 발소리만큼 지난날들이 또박또박 떠올랐다. 딸아이는 성장기를 나와 둘이서 지냈다. 눈이 안 보이는 아빠와 둘이 살다가 보니 희로애락도 남달랐다. 그만큼 딸아이는 독특한 사연도 많고 할 말도 많다. 가끔 툭툭 던지는 말 한마디에 그런 느낌을 받곤 한다. 꼭 부정적인 말만은 아니다. 위트도 있고 엉뚱할 때도 있고 분위기가 싸할 때도 있다. 오늘도 아침에 딸내미에게 말 한마디를 들었다. 그 말 한마디가 이 외출을 나선 이유이다.

"아빠, 먹고 싶은 것 있어요?"
"제가 다 사 드릴게요."

아르바이트를 시작한 지 한 달이 지났고 당연히 월급을 받았고 첫 월급이어서 아빠에게 맛있는 것 사주고 싶다, 뭐 이런 말인데 나는 괜스레 미안하고 고맙고 마음이 복잡해졌다. 하루에 예닐곱 시간을 두 다리로 버틴 월급이 아니던가? 서서 일해야 하는 아르바이트 아니던가? 그 월급을 어떻게 내게 쓰라 할 수 있겠는가? 그러나 생각은 내 생각일 뿐이었다. 딸아이는 아랑곳하지 않았다. 아파트 정문을 지나 횡단보도를 지나 목표 지점을 향해 나를 이끌었다. 걷는 내내 씩씩한 목소리도 잊지 않았다. 목표한 발걸음의 속도도 주저하지 않았다. 그러다가 목표 지점 중간쯤이었을까? 딸아이가 갑자기 발걸음을 우뚝 멈췄다. 나는 몸의 균형을 살짝 잃었다. 딸아이는 영문을 모를 웃음을 터뜨렸다. 나는 무슨 상황인지 궁금했다.

"왜 그래?"

내 궁금증에 대한 대답은 이러했다. 자기 종아리가 무진장 예뻐졌단다. 지나가는 사람들 종아리만 보인단다. 어안이 벙벙해진 나는 실소를 금치 못했다. 그도 잠시 나는 딸아이 팔을 이끌며 걸음을 재촉했다. 그러나 딸아이는 걷던 발걸음을 자꾸 멈췄다. 그때마다 종아리를 내려다보며 키득키득 웃었다. 급기야 나는 딸아이에게 근엄한 목소리로 빨리 가자고 했다. 내 근엄한 목소리도 소용없었다. 딸아이는 싱글벙글 웃으며 또각또각 걸음을 내디뎠다. 하는 수 없이 나도 웃으며 발걸음을 내디딜 때였다. 불현듯 내 어린 날이 떠올랐다.

그땐 분명히 그랬다. 사람들 알통만 보였다. 그 때문에 아르바이트를 했다. 아령을 샀다. 부지런히 들었다. 그러나 알통은 좀처럼 나오지 않았다. 팔만 아팠다. 그래도 운동을 멈추지 않았다. 어느 날이었다. 거울을 보았다. 가슴과 팔에 근육이 붙었다. 기쁜 만큼 자신감이 생겼다. 운동시간이 자연스럽게 늘었다. 근육은 성장기 내내 수시로 막는 좌절을 뚫게 했다. 이번에는 내가 발걸음을 우뚝 멈췄다. 슬그머니 내 이두박근을 만져 보았다. 이미 알통이 다 풀려 버렸다. 갑자기 벌인 내 행동이 이상하다는 듯 딸아이가 왜 그러시냐고 물었다. 나는 대답 대신 딸아이 종아리 쪽으로 시선을 던졌다. 날씬하고 탱탱한 종아리가 보였다. 어느새 성년이 된 건강한 발걸음이 보였다. 아빠의 길을 환히 밝혀주는 경쾌한 발걸음이 보였다. 세상 속으로 당당히 걸어 들어가는 싱싱한 발걸음이 보였다.

쥐
구
멍

"장롱 밑에서 자꾸만 이상한 소리가 들려요."

아침 일찍 내 방문을 열자마자 딸아이가 말 폭탄을 터뜨리기 시작했다. 숨이 넘어갈 것 같았다. 딸아이 목소리는 높은 음이었다. 내내 떨렸다. 울음이 섞인 목소리를 들을 때쯤이었다. 간신히 견뎠을 딸아이의 공포가 느껴졌다. 그러나 나는 딸아이의 첫 마디에 사태를 직감했다.

'아이고, 올 것이 왔구나!'

'몹쓸 놈의 쥐가 들어 왔구나!'

나는 혼잣말을 중얼거리며 얼마 전 들은 주방에 쥐가 출몰한다는 옆집 아주머니의 하소연을 떠올렸다.

"도대체 어디로 들어온 걸까?"

"화장실 배수구일까? 싱크대 배수구일까?"

"청소할 때 열어 둔 현관문일까?"

"환기하려고 열어 둔 창문일까?"

그러나 당장 그게 문제가 아니었다. 어디로 들어온 건지 그 통로는 나중에 찾아서 조치할 일이었다. 그건 딸아이가 학교에 간 뒤에 찬찬히 살펴보기로 하고 나는 우선 딸아이 방으로 갔다. 장롱을 발로 툭툭 차며 반응을 살폈다. 조용했다. 하는 수 없이 긴 막대기가 필요했다. 장롱 밑을 휘저어 볼 요량이었다. 그러나 그렇게 긴 막대기가 집에 있을 리가 만무했다. 순간 내 흰 지팡이가 생각났다. 흰 지팡이를 한 단 한 단 늘리며 장롱 밑으로 길게 폈다. 그리고 장롱 밑을 크게 한 번 휘저었다. 그때였다. 다다다다 발소리와 함께 쥐 한 마리가 튀어나왔다. 장롱 밑에서 튀어나온 쥐는 재빠르게 방을 가로질러 책상 밑으로 숨어들었다. 그 쥐를 본 딸아이는 기겁했다. 발을 동동 굴렀다. 연방 날카로운 비명을 질렀다. 나는 그런 딸아이를 진정시키고 방문을 활짝 열게 했다. 현관문도 활짝 열게 했다. 내 방문과 화장실 문은 반대로 닫게 했다. 한마디로 쥐가 도망갈 수 있도록 퇴로를 만들어 주었다.

나와 어린 딸아이는 그 쥐를 생포할 수 없었다. 이제 장롱 밑으로 들어갈 수 없게 틈을 무릎 담요 두 개로 막아 버리면 될 일이었다. 그럼 준비는 끝나는 것이었다. 나는 책상으로 다가가 흰 지팡이로 책상을 마구 두드렸다. 깜짝 놀란 쥐가 책상 밑에서 튀어나왔다. 쥐는 방안을 휘젓고 다녔다. 그러나 들어갈 곳도 없고 숨을 곳도 없었다. 오직 열린 공간은 방문밖에 없었다. 나는 흰 지팡이로 쥐를 계속 몰아쳤다. 그러자 쥐가 딸아이 방을 빠져나갔다. 그 틈에 딸아이가 방문을 얼른 닫았다. 나는 다시 쥐를 몰았다. 당황한 쥐는 벽에 머리를 부딪치기도 하고 장판이 미끄러워 넘어지기도 하고 별 쇼를 다 한 뒤에야 현관문 밖으로 튀어 나갔다. 겁에 질려 있던 딸아이가 언제 그랬냐는 듯 현관문으로 달려가 빠른 속도로 문을 닫았다. 그러고도 안심이 안 되는지 다시 그 쥐가 들어올세라 현관문을 꼭 쥐고 있었다.

아침부터 난리를 겪은 딸아이는 진정이 잘 안 되는 모양이었다. 그렇다고 학교에 안 갈 수는 없는 노릇이었다. 소동 때문에 시간도 많이 빼앗겼다. 서둘러 세수하고 책가방을 챙길 때쯤에는 마음을 조금 추스른 듯했다. 그러나 아침은 도저히 먹을 수 없다고 했다. 결국 딸아이는 내게 받은 천 원짜리 몇 장을 주머니에 찔러 넣고 현관문을 열었다. 이내 현관문 닫히는 소리가 들렸고 나는 긴장이 확 풀렸다. 온몸에 힘도 쫙 빠져나갔다. 그도 잠시, 원인을 알아내야 했다. 딸아이가 돌아오기 전에 대책 마련이 필요했다. 나는 가장 확률이 높은 싱크대 배수구부터 살폈다. 역시 거기였다. 고무호스를 배수구에 밀어 넣고 테이프로 봉합한 부분이 뚫려 있었다. 쥐가 이빨로 갉아버린 모양이었다. 나는 나를 도와주는 활동 보조인에게 급히 전화를 걸었다. 두어 시간 뒤 활동 보조인이 철물점에서 사온 철조망으로 구멍을 에워싼 뒤 청테이프로 칭칭 감았다.

'이제는 못 들어오겠지?'

더는 딸아이가 놀랄 일이 없겠다고 생각했다. 그러나 쥐들은 정말 집요했다. 도저히 뚫을 수 없다고 생각한 싱크대 배수구를 포기하고 화장실 배수구를 노렸다. 배수구가 막힐까 봐 찌꺼기를 거르려고 막아놓은 망을 대가리로 밀고 집안으로 들어 왔다. 하는 수 없이 화장실 문은 늘 닫혀 있어야 했다. 그리고 끈끈이를 자주 펼쳐 놓아야 했다. 몇 년을 이 빌라에 살았지만 이렇게 집중적으로 쥐들의 침입이 있었던 적이 없었다. 딸아이는 그날 아침 소동부터 끈끈이에 들러붙은 징그러운 쥐들의 눈빛과 몇 번을 더 정면으로 마주쳐야 했다. 그때마다 딸아이는 집이 싫다고 했다. 무섭다고 했다. 나는 화장실 배수구를 비롯하여 쥐들의 침입 경로를 최대한 원천 봉쇄했다. 그 노력 탓이었을까? 쥐들의 침입이 한동안 성공을 거두지 못했다. 가끔 현관문 앞에 쥐똥들이 보일 뿐이었다. 그러나 몇 번 크게 놀란 탓인지 질려버린 탓인지 딸아이는 집요하게 이사하자고 했다. 그러나 반지하방 전세금으로는 다른 집을 얻을 수 없었다. 한마디로 탈출할 돈이 없었다. 그렇다고 딸아이에게 고백할 수도 없었다. 고민은 연일 심각해져 갔다. 그러나 뾰족한 수가 없었다. 당장 이사할 수 없으니 일단 딸아이를 달래 놓고 봐야 했다.

"쥐도 생명인데, 너무 미워하지 마라!"
"새앙쥐는 햄스터를 닮아서 귀여운 면도 있잖니?"
얼토당토않은 내 말이 딸아이를 진정시킬 수 없다는 걸 잘 알고 있는 바, 내 말을 들은 딸아이도 아무런 대답이 없었다. 사실 나도 거짓말이었다. 쥐가 무진장 싫었다. 새앙쥐가 아무리 귀여워도 싫었다. 딸아이가 다섯 살 때쯤 키운 햄스터도 싫었다. 이 반지하도 애초에 싫었다. 딸아이야 미안하다. 내년에는 꼭 이사를 하자. 쥐구멍에도 볕들 날이 반드시 있다. 아이야! 조금만 참자. 나는 그렇게 속으로 고해성사를 거듭하며 백방으로 반지하에서 탈출을 도모했다. 두드리면 열린다고 했던가? 호시탐탐 침입을 노리던 쥐들의 눈빛이 아닌 한 줄기 빛이 우리 집으로 들어왔다. 혹시나 하고 임대아파트를 1년 전에 신청해 두었는데 당첨 통보를 받은 것이다. 나는 뛸 듯이 기뻤다. 게다가 당첨된 아파트가 13층이었다. 반지하에서 갑자기 13층으로 올라가면 이건 완전 고위층이 되는 것 아닌가?

결과가 그랬다. 두어 달 뒤 딸아이와 나는 초고속으로 승진한 고위층이 되었다.

치
약
뚜
껑

치카치카 하자는 제 엄마 목소리에 딸아이가 화장실로 뛰어갔다. 예쁜 턱받이를 목에 두르고 양치하는 모습이 무척 귀여웠다. 그 모습을 지켜보던 나는 이가 닦일는지 안 닦일는지 의심스러웠다. 그러나 그 의문은 곧바로 뒷전이 되었다. 적절한 칫솔질을 마치고 입안의 거품을 뱉으려고 작은 입을 오물거리는 모습이 너무도 예뻤기 때문이었다. 그런 딸아이가 서너 살이 된 때였을까? 혼자 양치질하기 시작한 때부터 습관 하나가 생겼다.

딸아이는 이상하게 치약 뚜껑을 닫지 않았다. 뚜껑 열린 치약 통 입구에는 언제나 치약이 바싹 말라붙어 있었다. 그때마다 나는 딸아이에게 잔소리했다.

"치약을 짜고 왜 뚜껑을 닫지 않느냐?"

딸아이의 대답은 단순했다. 또 양치질 할 건데 굳이 닫을 필요가 없다는 것이었다. 그런데 얼마 전부터였다. 치약 뚜껑이 잘 닫혀 있었다. 학교와 학원에서 하루를 다 보내는 터이어서 딸아이가 집에서는 양치질을 하지 않는 줄 알았다. 그러나 그게 아니었다. 오늘 아침이었다. 분명히 딸아이가 양치질을 마치고 화장실에서 나왔다. 그런데 치약 뚜껑이 잘 닫혀 있었다. 나는 양치질을 하며 생각했다. 언제부터였을까? 정확히는 모르겠다. 결론은 요즘 치약 뚜껑을 제대로 닫고 있었다. 내 잔소리 때문만은 아니었다. 딸아이는 컸다. 철이 들어 버린 것이다. 갑자기 가슴이 덜컹 내려앉았다.

내가 철이 들 무렵이었다. 부모님이 점점 작아져 보였다. 낯설게 느껴졌다. 무슨 말이든 한 번 더 생각하고 말을 걸었다. 될 수 있으면 혼자 해결하려 애를 썼다. 자연스럽게 부모님과 대화가 줄었다. 내가 철이 들어가는 만큼 부모님이 점점 더 빨리 늙어가는 듯했다. 시간은 정말 빨랐다. 가난한 소작농 살림을 어떻게든 내가 보란 듯이 일으키고 싶었다. 분기탱천한 나는 특공대를 전역한 뒤 서둘러 사회인이 되었다. 그러나 사회생활은 암담했다. 내가 가야 할 길은 한참 멀기만 했다.

철이 든다는 것은 참 외롭고 아픈 일이었다. 열린 치약통 입구처럼 입술이 바싹바싹 말라 가는 일이었다. 딸아이도 이제 웬만한 일은 혼자 해결하려 한다. 대견하다는 생각이 들지만 별 도움을 못 주는 아비로서 안타깝다. 어차피 철이 들면 이별을 맞이할 일이다. 그러나 시간이 더디 가면 좋겠다. 옥신각신 부딪히며 사소한 행복을 더 누리고 싶다. 아직은 정돈하지 않은 어지러운 딸아이 방이 좋다.

그러나 딸아이 방을 내가 일부러 어지럽힐 수 없으니 어쩔
수 없다. 나는 잘 닫힌 치약 뚜껑을 슬그머니 열어 두고 화
장실을 빠져나간다.

새
달
력
을 걸
며

모 단체 회보에 게재할 신년사를 쓰고 있었다. 한 해 동안 수고하셨다는 첫 문장으로 서두를 장식한 인사말은 짧았다. 지난해의 경과보고와 신년 행사 계획을 덧붙인 본론은 해마다 비슷한 형식이었다. 새해에도 건강과 안녕을 기원한다는 마지막 문장 뒤에 마침표를 찍었다. 다 쓴 신년사를 몇 번을 읽어 보았다. 읽을수록 내용은 싫증이 났고 마음에 들지 않았다. 그야말로 일사천리로 쓴 신년사였다. 나는 서둘러 찍은 마침표를 지우고 다시 써야겠다고 생각했다. 그때였다.

"와! 함박눈이다."

딸아이가 환호성을 지르며 베란다 창을 열었다. 빗장뼈가 오싹한 뭉치 바람이 집안으로 뛰어들었다. 책상 위에 걸린 달력이 펄럭였다. 달랑 한 장 남은 달력이었다. 달력을 매달 때가 엊그제 같았다. 그러나 유효기간이 하루밖에 남지 않은 달력이었다. 베란다 난간을 붙잡고 딸아이가 내게 말했다.

"아빠! 눈 맞으러 같이 나가요."

나는 힘차게 고개를 가로저었다. 딸아이는 어쩔 수 없다는 듯 제 방으로 들어갔다. 그런데 잠시 뒤였다. 포기한 줄알았던 딸아이가 점퍼를 입고 현관문을 나섰다. 갑자기 뛰어든 뭉치 바람 탓이었을까? 다시 쓰려던 신년사를 잠시멈추고 한기가 스민 몸을 위해 점퍼를 걸쳤다. 이내 다시책상 앞에서 자세를 고쳐 앉았다. 그러나 좀처럼 문장이이어지지 않았다. 단단한 눈덩이 같은 뭉치 바람에 뒤통수를 맞은 탓이었을까? 생각이 얼어버린 듯 좀처럼 글문이열리지 않았다. 밖으로 뛰어나간 딸아이도 한참을 들어오지 않았다. 한때는 나도 아무 이유 없이 함박눈이 마냥 좋았다. 그러나 언제부터였을까? 반가움이 사그라든 이유가뭘까? 오히려 귀찮아진 것이 언제부터였을까?

어린 시절 나는 강원도 산골에서 살았다. 그곳에는 겨울마다 정말 많은 눈이 내렸다. 어른들은 지나치게 많이 내리는 눈 때문에 불편하다는 말씀이 많았다. 그러나 나도그렇고 동네 아이들은 마냥 좋았다. 두 손이 발개지도록눈싸움을 했다. 눈싸움이 끝나면 눈사람을 만들기 시작했다. 주먹 크기의 눈 뭉치가 구르며 금세 커다란 눈덩이가되었다. 그리 길지 않은 시간 뒤였다. 커다란 눈덩이들 위에 조금 덜 큰 눈덩이들이 올려졌다. 나뭇가지로 눈썹을만들고 숯 덩어리로 눈과 코 그리고 입을 만들었다. 곧이어 눈사람들은 양쪽 허리춤에 기다란 나무칼을 차고 출사표를 던지듯 만세를 부르는 자세를 취했다. 산골 마을 추위는 그야말로 대단했다. 단단한 얼음 근육질이 된 눈사람들은 한참을 녹지 않았다. 그 눈사람들이 꽤 오랜 시간 우리 마을을 지켰다. 그러다가도 스르르 녹아내린 눈사람들의 행방이 묘연해졌다. 그러나 겨울이 되면 잊지 않고 돌아와 마을을 굳건히 지켰다.

눈사람과 함께 빼놓을 수 없는 물건이 있다. 바로 비료 포대이다. 겨울마다 우리는 어김없이 비료 포대 썰매를 탔다. 강원도 산이 얼마나 가파른가? 산 중턱 비알진 밭에서 마을 쪽으로 수십 미터짜리 미끄럼틀을 만들었다. 밭고랑과 밭고랑 사이의 심한 굴곡이 문제였다. 방지턱을 넘듯 비료 포대 썰매가 높이뛰기를 거듭했다. 비료 포대 안에 볏단을 넣기는 했다. 소용없었다. 궁둥이가 아프든 말든 상관없었다. 우리는 비료 포대 타기에 몰입했다. 비알진 밭을 한참을 올랐다. 비료 포대에 털썩 앉았다. 몸의 균형을 뒤로 모으면 드디어 비료 포대 썰매가 무한 질주했다. 가속에 붙자 굴곡마다 몸이 크게 떠올랐다가 떨어졌다. 수십 미터가 넘는 미끄럼틀은 아직도 한참을 더 내려가야 하지 않던가? 몸이 다시 떠올랐다가 떨어지고 다시 미끄러지기를 반복했다. 귓불에 바람 소리가 획획 지나갔다. 서너 번 비료 포대 썰매 타기를 반복하면 대단한 추위가 온 데 없이 사라졌다. 딸아이는 비료 포대 썰매를 알까? 당연히 모르겠지? 내 어린 시절을 떠올려보니 갑자기 딸아이에게 미안한 생각이 밀려온다.

함께 눈을 맞으러 나가자는 딸아이의 권유를 받아들이

지 못할 만큼 나는 어린아이의 마음과 낭만을 잃어버린 것일까? 스스로 즐거울 수 있는 의욕을 잃어버린 것일까? 사실 눈이 쌓인 길은 시각장애를 가진 내 걸음을 대단히 곤란하게 만든다. 그런 핑계로 나는 딸아이와 눈덩이 한 번 제대로 굴리지 못했다. 아빠로서 눈사람 한 번 만들어 주지 못했다. 그뿐만이 아니다. 눈썰매장에도 한 번 데리고 가지 못했다. 나의 긴 투병은 아이의 성장기와 맞물려 있었다. 당연히 딸아이와 제대로 놀아주지 못했다. 투병은 날이 갈수록 딸아이와 함께해야 할 나를 게으르게 만들었다. 딸아이가 칭얼거려도 소용없었다. 언제나 안전을 보장할 수 없다는 생각이었다. 아빠의 실명이 방해된다고 생각했다. 그러나 사소한 동행조차 거절한 것은 아닐까?

함박눈을 맞으러 가자는 건 가볍게 나서야 할 일이 아닌가? 에베레스트 정상을 오르자고 한 것도 아닌데, 잠깐 집 앞에서 발자국 몇 개 함께 찍자고 한 것뿐인데, 애초에 뭐든 다 안 된다는 내 생각이 문제가 아닌가? 너무 잦은 거절이 심각한 습관이 된 것은 아닌가? 내 생각과 행동 때문에 딸아이도 의례 기대하지 않게 된 것이 아닌가? 한 해가 끝날 때마다 숱한 반성과 새로운 계획을 모색해 왔었다. 그런데 왜 딸아이와 함께 할 신년 계획과 지난 시간에 대한 미안한 반성이 없었을까? 후회는 아무리 빨라도 늦다고 했던가? 이제야 이런 생각이 가슴에 절절하게 밀려오는데 딸아이는 훌쩍 컸다. 숙녀가 되었다. 딸아이는 어린 시절로 돌아갈 수 없다. 나도 돌아갈 수 없다. 과거는 장애를 핑계로 삼은 내 시간만 존재했다. 그 시간에 딸아이는 아빠 없는 혼자였다. 올해 신년사는 소외당한 딸아이를 써야겠다. 형식에 얽매이지 않은 리얼한 신년사를 써야겠다. 타자를 간과한 나를 발견한 반성을 써야겠다. 이제부터 가능한 일들을 계획해야겠다. 함께할 방법을 모색해야겠다.

마음을 다잡으며 책상 앞에 걸린 헌 달력을 만져본다. 한 장 남은 달력 속에 마지막 하루보다 찢겨나간 나날들이 떠오른다. 암담했던 시간이 울컥울컥 떠오른다. 지금은 지나간 날들의 내 달력을 뗄 때이다. 새롭게 펼쳐질 딸아이의 새 달력을 걸 때이다. 한 해의 끝에서 딸아이의 달력을 두 손으로 단단히 건다. 새 달력 속에서 다가올 날들을 손끝으로 더듬어 본다. 아직 펼쳐지지 않은 딸아이의 나날들이 그려진다. 스칠 때마다 손끝에서 딸아이의 표정이 환해진다. 새로운 발걸음을 내딛는 내일이 밝아온다. 문득 한 해의 시작과 끝 사이에서 캄캄했던 내 기쁨이 번쩍 켜진다. 어제의 과오를 끌어안고 내일로 가야 했다. 한 호흡 한 호흡이 동행이어야 했다. 내가 살아낸 하루하루가 나 혼자 살아낸 것이 아니었다. 매 순간 인연이라는 달력이 찢긴 결과였다. 지금 당장 함께 걸어야겠다. 이제 한 걸음 한 걸음이 행복이어야겠다. 그동안 너무 먼 희망을 설계했다. 내일을 위해 오늘 이 고통은 견디자고 말해 왔다. 그것이 당장 누릴 웃음을 놓친 우울의 연속이었다. 더는 가위눌린 오늘을 살지 말아야겠다. 조금은 가볍게 딸아이와 어디든 걸어야겠다. 아직도 들어오지 않는 딸아이가 궁금해진다.

나는 베란다 창을 열고 난간 너머로 손바닥을 펼쳐 본다. 눈송이가 손바닥에서 사르르 녹는다. 딸아이가 함께 맞이하자던 부드럽고 차가운 함박눈이 녹는다. 오늘은 모처럼 용기를 내어 내가 딸아이에게 함께하자고 권해야겠다.

— 술 한 잔을 나누며 새해를 알리는 타종 소리를 듣자고⋯,

— 건배를 외치며 제야의 종소리를 함께 듣자고⋯,

— 내일은 나란히 발자국 찍으며 영화관에 가자고⋯,

작은 촛불들

2016년 11월 12일 주말이었다. 광화문 광장에서 급기야 엄청난 촛불이 타올랐다. 100만이 넘는 인파였다. 몇 주 전부터 모이는 사람들이 많아지면서 예상하였으나 직접 자리한 사람들의 열기는 대단했다. 촛불은 거기서 멈추지 않았다. 다음 주 주말이었다. 100만에서 150만으로 촛불은 더 크게 타올랐다. 사람들은 일제히 외쳤다.

"이게 나라냐?"

정권 퇴진을 요구하는 촛불은 기하급수적으로 거세졌다. 150만에서 170만으로 또 180만에서 200만으로 주말마다 기록을 경신했다. 광화문광장만이 아니었다. 거세게 타오른 촛불은 전국으로 번졌다. 인천, 부산, 울산, 대구, 대전, 광주까지 6대 광역시를 비롯하여 소도시, 군까지 촛불이 무섭게 타올랐다. 해외도 예외가 아니었다. 세계 곳곳에서도 촛불이 어두운 하늘을 밝혔다. 남녀노소가 따로 없었다. 광장에 모인 군중은 다양했다. 유모차를 타고 온 아기와 백발이 성성한 어르신까지 세대를 불문하고 함께

했다. 굳이 모인 이유를 일일이 듣지 않아도 되었다. 촛불 집회가 끝난 뒤에도 놀라웠다. 쓰레기 한 조각조차 보이지 않았다. 외신은 그 많은 인파가 모인 집회에서 있을 수 없는 일이라고 보도했다. 주말마다 펼쳐진 문화제도 감동 그 자체였다. 크고 작은 공연도 생기발랄했다. 공연마다 유명한 연예인들도 목소리를 높였다. 문화제가 끝나거나 공연 시작 전에 길게 이어지는 자유발언을 들었다. 세대도 그러했지만 직업이 그야말로 다양했다. 그런데도 무대에 오른 목소리들은 총체적으로 한목소리였다. 저마다 힘찼다. 발언에 대한 논리도 정확했다. 민주주의를 지켜내야 한다고 했다. 발언마다 뜨거운 열망이 느껴졌다. 그중 특히 학생들 목소리에 가슴이 뜨거워졌다. 어느 부분에서는 울컥했다. 내 딸아이도 광화문 광장을 밝히는 수많은 촛불 속에 작은 촛불 하나이기 때문이었다. 위정자들은 평등·평화를 말했다. 정의를 말했다. 자유민주주의를 말했다. 그러나 감언이설로 그친 적이 너무 많다. 국민 위에 위정자들은 늘 군림했다. 부정과 부패의 온상이었다. 반성도 잠시일 뿐이었다. 거짓말의 반복이었다. 참으로 뻔뻔했다. 어른들도 자주 말했다. 착하게 살아라. 정직하게 살아라. 그러나 아이들이 자유발언대에서 질문하고 있다. 위정자와 어른들에게 대답을 요구하고 있다.

"세상이 공평한가요?" "

아이들 질문에 나는 자신 있게 대답할 수 없다. 나처럼 자괴감이 든다는 부모가 많다. 나라가 이 지경이 되도록 어른들이 잘못한 것이 너무 많다. 아이들이 참다못해 나섰다. 줄지어 올라오는 아이들이 던지는 한마디 한마디가 미안하고 또 미안했다. 그러나 희망의 에너지를 전해주듯 뿌듯함도 전해왔다. 아이들이 열어갈 새로운 세상이 환하게 느껴졌다.

친구들과 함께 광화문 광장을 다녀온 딸아이가 집으로 들어서며 말한다. 오늘은 대통령 하야와 정권 퇴진을 합치면 90%가 넘는다고 한다. 얼른 밥 먹고 아빠랑 한잔하고 싶단다. 뭐 식사 따로 술 따로 할 필요가 있을까? 나는 저녁상에서 소주병 뚜껑을 열었다. 딸아이는 내 잔에 술을 따랐고 나도 딸아이 잔에 술을 따라주었다. 딸아이는 건배하자고 했다. 가볍게 잔 부딪히는 소리와 함께 나는 술잔을 비웠다. 그런데 아이들이 자유발언대에서 하던 이야기를 딸아이가 내게 던졌다. 나는 구체적인 대답 대신 몇 잔의 술을 묵묵히 들이켠 뒤 안주를 우걱우걱 씹고 있었다. 그 뒤로도 가슴이 턱 막힐 것 같은 질문이 몇 번 더 날아왔다. 질문을 자세히 풀면 내 무능력에 대한 간접적인 질문이었다. 그때마다 나는 딸아이에게 시원한 대답을 들려주고 싶었다. 그러나 나는 얼버무리듯 말을 이어가며 말과 말 사이에 미안하다는 말만 반복했다. 딸아이는 그때마다 괜찮다고 했다. 순간 나는 괜찮다는 말에 오래전 내가 겪은 이야기를 딸아이에게 풀어 놓았다.

내가 군대에서 전역하고 몇 해 뒤였다. 자주 복통을 호소하던 아버지가 끝내 병원에 실려 갔다. 위암 말기였고 병원에서는 손을 쓸 수 없었다. 도리 없이 집으로 모셨다. 아버지의 통증은 점점 더 심해갔다. 수시로 응급실에 실려 갔다. 그러나 대책이 없었다. 아버지는 빠르게 기력을 잃어갔다. 몸은 앙상해졌고 아버지의 통증은 멈추지 않았다. 기력이 잠시 돌아올 때면 아버지는 가느다란 목소리로 말했다.

"아들아! 미안하다."

그러나 나는 그때마다 괜찮다는 대답을 못 했다. 마음이 그렇지 않음에도 한 번도 괜찮다고 대답을 못 했다. 많이 아픈데 치료할 방법이 없어서 서러웠고 초창기에 치료 한 번 제대로 받지 못한 가난이 서러웠고 죽음이 느껴지는 아버지의 목소리가 서러웠다. 그 서러움은 아버지가 돌아가신 뒤로 더 크게 내 가슴을 짓누르곤 했다. 한때는 어린 날 배고픔이 너무 싫었다. 그 배고픔은 무능력한 아버지를 원망하는 원인으로 작동했다. 그러나 철이 들면서 원망했던 내 죄송함이 오히려 꽤 오랫동안 나를 괴롭혔다.

내가 너를 키우면서 미안한 것이 한둘이 아니다. 그러나 너를 키우며 비로소 아버지의 마음이 무엇인지 깨달았다. 네 할아버지인 내 아버지는 쉬지 않고 일했다 일생을 농사꾼으로 흙과 함께 살았다. 스스로 삶에 대해 비겁하지 않았다. 그래서 아빠는 네게 더 미안하다. 할아버지가 일생을 거짓말하지 않는 흙과 사셨듯 아빠도 시인으로서 할아버지 삶을 고스란히 살 것 같다. 내내 조용히 내 말을 들던 딸아이가 내 잔에 술 한 잔을 따르며 한마디 던진다.

"자~ 우리 아빠를 위하여!"

　청탁 받은 원고 때문에 이틀간 기행을 다녀왔다. 집안에
들어서자마자 옷을 갈아입고 세면을 마친 뒤 서둘러 컴퓨
터를 켰다. 생생한 기억을 빨리 쓰고 싶었다. 그러나 책상
위에는 갖가지 물건이 늘어져 있었다. 일단 어수선한 물건
들을 정리해야 했다. 쌓인 책들은 책장에 꽂았다. 차를 마
시고 책상에 두었던 머그잔은 싱크대에 옮겨 놓았다. 이제
야 정리가 다 끝났다 싶어 키보드를 앞에 놓고 책상 위를
더듬거릴 때였다. 책상 귀퉁이에서 부스럭 소리가 났다.
나는 손끝에 닿은 종이봉지를 열고 안에 담긴 내용물을 만
져 보았다. 아아, 붕어빵 봉지였다. 딸아이가 학교에 간 사
이 사온 붕어빵 봉지를 책상 위에 놓고 기행을 간 것이었
다. 딸아이에게 말해주지 않은 내 실수였다. 기행 중 몇 차
례 통화를 했을 때 알려 주었어야 했다. 이미 돌이킬 수 없
는 일이 되었다. 책상 위에 놓고 간 붕어빵은 딱딱하게 굳
어져 버렸다. 아깝지만 버려야겠다고 생각했다. 그러나 갑
자기 호기심이 발동했다. 냄비에 넣고 끓여 보기로 했다.
냄비를 찾아서 물을 채웠다. 가스레인지를 켜기 전, 고민

했다. 물에 푹 담가서 끓이면 풀처럼 퍼질 것 같았다. 그래서 물을 조금 덜어내고 가스레인지 불을 켰다. 잠시 후 물이 끓었다. 냄비 뚜껑을 열고 끓는 물에 딱딱한 붕어빵을 넣었다. 한 2분이 지났을까? 가스레인지 불을 끄고 붕어빵을 건졌다. 겉은 따뜻하고 잘 익은 듯 했으나 속은 여전히 딱딱했다. 딱딱한 속을 익히려고 다시 끓이면 분명 풀이 될 것 같았다. 어쩔 수 없이 버려야 하는가? 짧은 고민 뒤 접시에 담긴 붕어빵을 전자레인지에 넣고 2분을 돌려보았다. 그런데 웬일인가? 축축한 껍질이 바삭해지고 속살이 부드러워졌다. 물론 팥소도 따뜻해졌다. 오호, 다시 붕어빵이 살아났다. 방금 구운 붕어빵처럼 살아났다. 지느러미도 힘차게 살아났다. 나는 기행에서 돌아오는 길에 사온 것처럼 종이봉투에 다시 담았다. 그리고 때를 맞춘 듯 학교에서 돌아온 딸아이가 현관문을 들어섰다. 나는 시치미 뚝 떼고 붕어빵 봉지를 딸아이에게 내밀었다. 붕어빵 봉지를 받아 든 딸아이가 활짝 웃었다. 책가방도 벗지 않고 식탁에 앉은 딸아이는 다시 살아난 붕어빵을 맛있게 먹었다. 붕어빵을 오물거리며 먹던 딸아이가 아빠도 드시라고 했다. 나는 극구 사양했다.

이미 효도를 다 했습니다

– 2012년 12월 문학나눔,
행복한 문학편지 중에서

문학나눔 독자 여러분 안녕하세요? 저는 이번 주 행복한 문학편지 필자로 나선 시를 쓰는 손병걸입니다. 오늘도 어제처럼 찬바람이 매섭습니다. 장갑을 꼭 끼시고 머플러도 목에 두르시고 옷깃도 단단히 여미고 다니셔야 하겠습니다. 독감 때문에 고생에서 겨우 벗어난 지인 말이 요즘 독감 정말 무섭다고 합니다. 굳건히 건강 지키시길 바라며 본 글의 글문을 열고자 합니다. 이 코너는 저의 졸시 한 편을 골라 그 시를 모티브로 독자들께 드리고 싶은 말을 소개하는 것 아니겠습니까? 그래서 말인데요, 불과 얼마 전 대학생이 될 고등학교 3학년들이 수능을 치르지 않았습니까? 바로 그 수능을 치른 날 딸아이와 이야기하다가 나온 효도라는 주제를 들려드리려고 합니다. 그야말로 다양한 가정사에서 효도에 정답이 어디 있겠습니까? 독자들께서도 정답이 없다는 사실을 익히 알고 계시리라 생각합니다. 저 또한 그 사실을 잘 아는 바 제가 겪은 체험이 분명 정답은 아니겠죠. 그러나 중도에 시력을 잃은 제가 딸아이와

겪은 체험이 일반적 체험은 아니라고 생각합니다. 특수한
상황에 부닥친 그 어떤 설득이 아니라 그저 좋은 의미로
들려 드리려고 합니다. 어쩌다 부족한 제가 이렇게 필자로
나섰습니다. 기왕이면 큰 거부감 없이 들어주셨으면 합니
다. 제 경험상 드리는 말인데요. 아이는 스스로 자라는 거
같았습니다. 키우는 것이 아니라 스스로 성장하는 것 같았
습니다. 오히려 가끔은 아빠를 키우는 것 같았습니다.

아이가 아빠를 키운다

아빠 식사하세요
밥 때만 되면
아이의 목소리 들린다

자식이라고는 단 하나
고작, 초등학교 3학년
생일이 빨라서 3학년이지
이제 아홉 살짜리다

밥상에 앉으면
이건 김치, 빨개요
요건 된장찌개, 뜨거워요
두 눈이 안 보이는 아빠를 위해
제 입에 밥알이 어찌 되든지 말든지
오른쪽에 뭐 왼쪽에 뭐

아이의 입은 바쁘다

요란한 밥상이 물러나면
커피는 두 스푼
설탕은 한 스푼 반
크림은 우유가 좋다며
책상 앞에 앉아 있는 내게
깡충깡충 커피를 가져다준다

아홉 살짜리 아이가
아빠를 키운다

　제가 쓴 시입니다만, 저도 오랜만에 이 시를 읽습니다. 시간이 참 빠르게 흐릅니다. 아홉 살짜리 아이가 벌써 고등학생이 되었습니다. 대학 입시 공부에 시달리고 있습니다. 정작 아빠는 큰 걱정이 없습니다. 시대에 뒤떨어진 아빠입니다. 그러나 아빠의 선택입니다. 이유가 있습니다. 내 삶의 경험은 오래된 이야기입니다. 한마디로 낡았습니다. 시대는 빠르게 변합니다. 감당할 수 없습니다. 새로운 눈을 가진 아이의 감각을 존중하고 믿습니다. 아이가 하고 싶은 일을 해야 합니다. 그때 가장 행복하기 때문입니다. 어른의 지나친 간섭은 아이의 생각을 방해합니다. 이러한 이야기를 들은 사람들은 제게 말합니다. 다 좋습니다. 그런데도 불구하고 당신 생각은 살필 곳이 많습니다. 그런가요? 제가 이상적일까요? 입시는 현실일까요? 수능에 관해 이야기를 나누던 아이가 묻습니다.

"어느 대학을 가면 좋겠어요?"

"무슨 과를 가면 좋겠어요?"

"무슨 일을 하면 좋겠어요?"

왜 아빠가 원하는 걸 묻느냐? 아이의 질문을 끊듯 제가 질문을 던집니다. 아이는 주저함이 없이 대답합니다. 효도를 하기 위함이랍니다. 아이 말에 나는 즉시 말폭탄을 터뜨립니다.

네가 아빠 딸로 태어난 것이 효도다. 젖내음 물씬 풍기던 옹알이가 효도다. 네 발로 기어 다니다 두 발로 일어나 아장아장 걷던 모습이 효도다. 처음 책가방을 멘 귀여운 모습이 효도다. 때마다 해맑은 웃음이 효도다. 너는 이미할 효도를 다 했다. 너보다 약한 사람들을 돕기 위해 하는 것이 공부다. 누구를 도와줄 수 있는 일을 찾는 것이 공부다. 네가 하고 싶은 일을 찾는 것이 공부다. 아빠든 누구든 의식하지 마라. 자신의 길을 가라. 그것이 삶이다. 아빠가 살아보니 반드시 어른이 아이를 키우는 것이 아니다. 저마다 어느 가족이든 아이가 어른을 살게 한다. 열심히 일하게 한다. 행복을 선사한다. 어린 네가 초·중·고등학생이 되고, 또 대학생에서 청년이 되고, 사회인이 되어 한 시대를 이끈다. 그것이 효도다. 의식적으로 목적하지 않아도 자기 삶을 살다 보면 결과가 효도다. 혹시 아빠가 무엇을 원해도 아빠를 위해 자신의 선택을 포기하면 안 된다. 지금부터 네가 누릴 경이로운 청춘을 남을 위해 소비해서는 안 된다. 스스로 행복해야 한다. 태어나면서 너는 할 효도를 이미 다 했다. 이제는 자신의 행복에 주목해야 한다. 행복은 다른 사람들과의 경쟁에서 오지 않는다. 비교우위는 가치가 아니다. 삶은 굳이 남에게 보여주는 것이 아니다. 가슴 벅찬 발걸음을 스스로 선택하는 것이다. 아빠는 그 길에서 너의 발걸음이 경쾌하기만 바랄 뿐이다.

가만히 듣던 딸내미가 활짝 웃으며 말합니다. 우리 아빠 멋지답니다. 아빠 또 괜스레 우쭐합니다. 이제 곧 저녁 식사 시간입니다. 우리 딸내미 여전히 아빠를 키웁니다.

내 커피의
적당한 농도는 30도

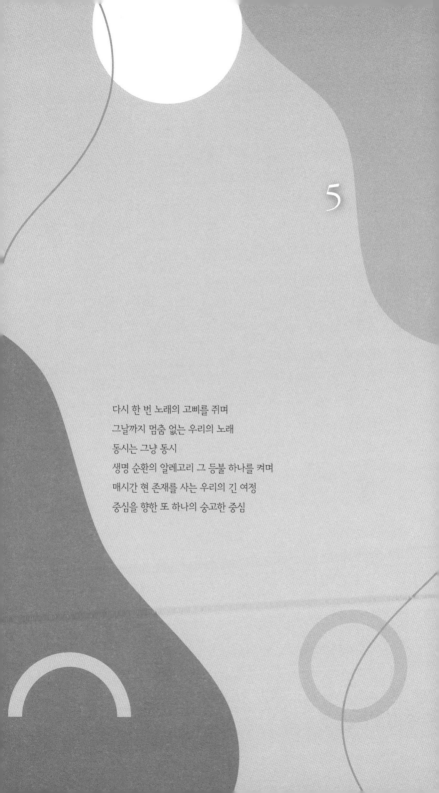

5

다시 한 번 노래의 고삐를 쥐며
그날까지 멈춤 없는 우리의 노래
동시는 그냥 동시
생명 순환의 알레고리 그 등불 하나를 켜며
매시간 현 존재를 사는 우리의 긴 여정
중심을 향한 또 하나의 숭고한 중심

그대는 기억합니까? 내가 그대를 처음 만난 곳은 '구로
노동자문학회'였습니다. 정말 오래된 이야기입니다. 그때
공부를 함께한 벗들과 가리봉 오거리 근처 술집들을 자주
찾았습니다. 그때마다 그대의 시집 제목처럼 반성하다 그
만둔 날이 많았습니다. 반성은 우리 몫이 아니었습니다.
생존한다는 악의 실체는 숨어 있고 자본주의의 폭력은 여
전히 난무합니다. 그래서 우리는 우리를 등급으로 나눌 수
없습니다. 아직도 노래를 멈출 수 없는 이유가 그대의 시
집 속에 있습니다. 그렇습니다. 노래는 역시 그대처럼 허
리와 가슴으로 부르는 것이 맞았습니다. 반주가 흘러나오
면 그대는 허리를 꺾었습니다. 노래가 중반을 넘을수록 꺾
인 허리의 각도가 더 깊어졌습니다. 노래 한 곡에 가슴에
켜켜이 쌓인 피멍을 몽땅 쏟아내는 것이었습니다, 노래가
끝날 즈음 나는 가슴이 후련해지는 것이었습니다. 두 눈이
환해지는 것이었습니다. 매번 서러움만 토한 것은 아니었
습니다. 노래를 함께 부르던 벗들은 그 힘으로 가리봉 오
거리를 지나 새벽 일터로 뚜벅뚜벅 걸어 나갔습니다.

나는 잘렸다

터무니없이

5월 연둣빛 나무이파리를 보는데

휴대전화로, 그래 휴대폰으로

해고 통보 문자메시지를 받았다

해고 사유는 '잡담'이다

그리고 더 이상 회사에 갈 필요도 없었다

─중략─

30분 일찍 전철에 구겨져 가던 내 밥그릇 자리

그러나 나는 비정규직 여성노동자였고

비공식적으로 잘린 거다

어디에도 내가 흘린 피는 없다

어디에도 내가 살기 위해 노력했다는 흔적도 없다

자본이 숨쉬기 위해 내가 숨죽이다가

이름도 인격도 빼앗긴 결과다

─중략

자본은 너무 자유롭고 나는 갇혀 있다

자본은 너무 안전하고 나는 위태롭다

이제 종이 울리면 쉬러 가는 것은

내가 아니라 자본, 그래 돈이라는 것이

정규적으로 쉬러 간다

언제든지 공식적이지 않게 나는 잘리고

무엇을 위하여 종이 울린단 말인가

　　　　　 ─ 김사이 시 「무엇을 위하여 종은 울리나」 중에서

오래전, 많은 노동자가 해고 통보 문자 한 통을 받았습니다. 하루아침에 잘린 것입니다. 어이없는 일입니다. 오늘 아침도 마찬가지입니다. 딱 벌어진 입이 다물어지지 않습니다. 고공 농성은 더 길어지고 많아집니다. 기가 막힌 세상입니다. 그들에게 조금이나마 힘을 보태고 싶습니다. 그래서 나는 그들 발밑에서 기타를 칩니다. 상식이 통하는 세상을 위한 노래를 부릅니다. 그때마다 불쑥 그대가 부른 노래가 떠오릅니다. 그대는 분명 기억이 없다고 할지 모릅니다. 그러나 그대가 선사한 언행에 대한 감응은 내 고유 영역입니다. 어쨌거나 비교적 목소리도 작고 말이 적던 그대의 노래를 운 좋게 들은 것은 행운입니다. 각인된 내게 선명합니다. 도무지 따라 부를 수 없던 그대의 높은 목소리가 쟁쟁합니다. 머릿속에 새겨진 그대의 모습과 표정이 생생합니다. 그날 일행과 다른 술집으로 옮길 때였습니다. 눈이 안 보이는 내게 팔을 내어주었습니다. 나의 안전을 위해 한발 앞서 걷던 그 발소리가 새삼 들립니다. 가리봉 오거리 바람도 사르르 붑니다. 그대가 부른 노래 '아름다운 강산'처럼 이 가을이 시원합니다. 아, 시력이 남아 있지 않은 내가 어떻게 그 모습을 기억하냐고요? 형상 기억 감각은 시각 이외에도 많습니다. 중도에 두 눈을 잃고 철저히 알게 되었습니다. 내가 하고 싶은 말을 아주 오래전 도연명陶淵明이 읊었습니다. "보아야 보이느냐. 들어야 들리느냐. 느끼는 게지. 바람은 보이지 않아도 시원하게 불지 않느냐." 그나저나 이 글꼴이 편지가 맞긴 맞습니까? 문예지 발표라는 형식으로 쓰는 낯선 공개편지도 그러하거니와, 오랜만에 손편지 같은 편지를 쓰니 불안합니다. 그러나 좋은 인연은 침묵조차 너그러운 대화일 수 있겠지요. 글이 점자처럼 흩어져도 끌어모아 읽어 줄 것을 믿습니다. 농성장 문화제 그 외 다른 곳에서 간간이 그대를 만나기는 했지요. 그런데 이 글을 쓰며 오래된 이름들이 하나둘 떠오릅니다. 그때 그 가리봉 오거리 벗들은 다 어디로 갔을까요? 몇몇 벗들과 소식을 주고받기는 합니다만 소식이 끊긴 벗들도 많네요. 그나마 나쁜 소식이 들리지 않아서 다행입니다. 그때처럼 자주 만나지 못하지만 뿔뿔이 흩어진 사이 저마다 한두 권씩 세상에 시집을 내어놓았네요. 잘 살고 있는 반증이겠죠. 조금은 엉뚱한 말이겠지만 시집이 돈이 안 된다는 것이 다행입니다. 돈만 된다면 자본은 참을 수 없겠지요. 사람이 죽어도 상관없으니까요. 그만큼 우리의 공동체는 자본 앞에 무참히 쓰러졌지요. 그러나 자본이 어찌할 수 없는 것이 시인가 봅니다. 그 시를 쓰는 이들이 우리라는 것이 고맙습니다. 가리봉 오거리에는 사람을 아는 사람이 있었지요. 시를 살아내는 사람이 있었지요. 각기 고된 삶 속에서도 우리 마음은 뜨거웠지요. 가리봉 오거리를 자주 다니기 전, 그러니까 내가 두 눈이 서서히 안 보이기 시작할 때였습니다. 그대가 해남을 떠나 보따리를 가리봉에 풀 때쯤입니다. 나는 오히려 생활의 목숨을 끝내려고 그대 고향 해남을 찾은 적이 있습니다.

죽자사자
밤새 달려간 땅끝 바다

어둑어둑한 수평선에서
시뻘건 해가 불쑥 솟아오르자

궁극이다 두루뭉술 부풀어 오른
엄마의 복腹을 닮은
적나라한 궁극이다

모든 생의 끝과 시작이
다른 말 같은 의미이려니

더는 궁싯거릴 수 없다

어둠 속에서도 햇빛은 있고
얼마든지 있고

누구나 그 자리에서
아기울음 벅찬 아침은 온다

– 졸시 「완전한 아침」

　그대가 알듯 나는 고향이 동해입니다. 허구한 날 보던
일출을 해남에서 새롭게 보았습니다. 까마득히 잊고 살았
습니다. 어릴 때 이미 배웠습니다. 지구는 둥글었습니다.
두루뭉실한 수평선은 임산부였습니다. 순간, 붉은 핏덩이
같은 해가 솟아올랐습니다. 아기울음이 달팽이관을 후볐

습니다. 그대는 시 「무엇을 위하여 종은 울리나」에서 "어디에도 내가 흘린 피는 없다/어디에도 내가 살기 위해 노력했다는 흔적도 없다"고 표현했습니다. 맞습니다. 사람 목숨이 소비되는 사회가 현실입니다. 그러나 돌이켜 봅니다. 우리는 점점이 이어진 하나의 원이 분명합니다. 누가 뭐라 해도 우리가 지구입니다. 한 시절 함께 한 가리봉 벗들은 흩어졌습니다. 괜찮습니다. 그대가 그러하듯 저마다 선 자리가 빛나는 궁극입니다. 우리가 쓴 문장이, 그리고 우리가 쓸 문장이 가슴 속 피명을 푸는 노래입니다. 일일이 호명하지 않아도 우리의 벗들은 거기가 어디든 얼마든지 눈부신 아침입니다.

그
날
까
지
멈
춤
없
는
우
리
의
노
래
를

인천에 노동자들로 구성된 기타 동아리가 있다. 동아리를 막 결성한 뒤 새 마음 새 뜻으로 출발할 때였다. 동아리 이름을 정하기 위해 깊이 있는 논의를 했다. 노동자 기타 동아리다운 이름들이 여러 개 도출되었다. 그 중 다수의 뜻으로 정해진 이름이 육현몽六絃夢이다. 사람들은 그 이름을 대뜸 발음하기 어려운 모양이다. 이름과 관련하여 재밌는 일화가 많다. 농성장에서 사회자가 소개할 때이다. 육현몽六絃夢은 육헌몽이 되고 육켠몸에서 다시 육형몽이 되기도 한다. 대뜸 발음하기 어려운 발음 뒤에 간신히 육현몽六絃夢이 제 이름을 찾는 동안 비장한 농성장에 오랜만에 한바탕 웃음꽃이 피어난다. 잠시 후, 무대에서 육현몽六絃夢의 발언이 이어진다.

우리는 해고노농자, 공무직 노동자, 학교급식 노동자, 건설노동자, 현장공장 노동자, 가사노동자, 문학예술 노동자 등으로 구성된 인천 유일 노동자 기타동아리 육현몽六絃夢입니다. 육현몽六絃夢은 여섯 줄에 노동해방의 꿈을 담아 노

래한다는 의미입니다. 육현몽六絃夢은 공연 전문가들이 아
닙니다. 노래와 연주가 다소 어설픕니다. 들어보시면 아시
겠지만 뛰어난 음악이 아닙니다. 그러나 동지들과 함께할
때 연주와 노래가 좋아집니다. 동지들 응원 때문에 우리 공
연이 살아납니다. 오늘도 노동해방을 위한 육현몽六絃夢이
동지들과 함께 완성될 것을 믿습니다.

씩씩한 인사말이 끝나면 힘찬 공연이 펼쳐진다. 농성장
의 박수 소리도 점점 더 커진다. 다시 한번 투쟁 현장에 함
성이 울려 퍼진다. 나는 이렇듯 자신 있게 노동해방을 노
래하는 육현몽六絃夢이 마음에 든다. 사시사철 불러야 한다
면 멈춤 없이 부를 태세다. 결코 노래는 멈추지 않는다. 장
소를 불문한다. 핍박받는 농성장이라면 어디든 상관없다.
연대하기 위해 찾는 그들의 발걸음이 씩씩해서 좋다. 무엇
보다도 그들 틈에 낀 내 모습도 당당해서 좋다.

내가 맨 처음 육현몽六絃夢을 만나게 된 인연은 세월호 공
연 때다. 그날 이후 다른 농성장에서도 그들을 자주 만났
다. 인연은 인연이었던 모양이다. 어찌어찌 연대를 이어가
다 보니 어쭙잖은 기타 실력으로 육현몽六絃夢의 강사 아닌
강사가 되었다. 나는 일주일에 한 번씩 그들과 기타를 연
습하며 아주 가까이 지낸다. 물론 여전히 힘겹게 투쟁을
이어가고 있는 농성장에서 공연도 이어가고 있다. 부당해
고 노동자들의 눈물이 도무지 마르지 않는다. 자본은 나날
이 악랄해진다. 그럴수록 육현몽六絃夢의 노래와 연주는 점

점 더 커져야 한다. 오늘은 양재동 집회 연대 공연을 위해 연습해야 할 8월의 마지막 주 금요일이다. 아침 바람이 심상치 않다. 놀랍게도 날씨가 확 바뀌었다. 어제까지 맹렬하던 더위가 감쪽같이 사라졌다. 어제와 오늘 하루 사이에 세상이 이렇게 달라질 수 있는가? 해결되었다 싶으면 또 부당해고 통지를 받는 노동자의 현실도 확 바뀌었으면 좋겠다. 저 많은 농성장과 해고 노동자들의 뜨거운 눈물도 하루아침에 멈췄으면 좋겠다.

학습지 노동자들이 얼마전 부당해고를 당한 일이 있었다. 아니, 부당해고는 무려 수천일 전이었고 농성도 그날부터 수천일이 되었으니 그야말로 기나긴 복직 투쟁 중이었다. 대화에 나서지 않고, 나서더라도 형식적으로 대화에 임하는 사측 빌딩이 빤히 보이는 도로 곁 비닐 텐트 농성장이었다. 낮에는 그런대로 추위를 견딜만한 비닐 텐트였다. 그러나 도저히 견디기 힘든 한겨울 빌딩 숲 맷바람이 몰아치는 밤에는 살인적 추위가 비닐 텐트 안으로 불어닥쳤다. 그 도로 곁 비닐 텐트 맞은편에는 혜화성당 첨탑에 노조원 두 명이 해를 넘기도록 내려오지 못하고 있었다. 그곳에서는 일주일에 한 번씩 복직 투쟁 문화제가 있었다. 작가회의 시인들도 주마다 조를 편성하여 문화제에 참가했다. 그날도 매서운 칼바람이 몰아쳤고 민중 가수의 노래와 시인들이 시를 낭송했다. 그리고 마지막으로 특별한 순서가 이어졌다. 혜화성당 첨탑 위로 무선마이크가 올라갔다. 고공농성 중인 한 아이 엄마가 그 마이크를 쥐고 시 한 편을 읽었다. 아니, 절절한 기도문 한 편을 읽었다.

혜화성당 종탑 위에서
언 눈이 녹고 오뉴월 볕이 쨍쨍하도록
채 내려오지 못한 아이의 엄마가 읽는
한 편의 시詩를 듣는다

꽃향기 멀어지는 땅 위에서는
겨울이 다시 겨울을 낳고
빛이 사그라든 지 오래
하늘은 먹구름 위에서만 밝고
수천 일째 해가 비치지 않는 동안
고압선 전류가 윙윙거리던 남쪽에서
하늘이 무너졌다는 소식이 날아들자

촛불들이 타오르고 있다

몸속 깊숙이 뿌리 내린
말의 심지가 타오르고 있다
소리 없이 최후의 발바닥까지
녹아내리고 있다 번지고 있다

공장 문을 지나 좁은 골목을 지나 빌딩 숲을 지나
어둠이 내리는 광장을 향해 발소리가
하나둘 모이고 있다. 빛나는 노래가

부풀고 있다 출렁거리고 있다

날개를 편 거대한 불빛이
검게 닫힌 하늘을 열어젖히고 있다
뜨거운 시詩들이 쏟아져 내리고 있다

그들이 스스로 하늘이 되어 가고 있다

— 손병걸 졸시, 「그들의 하늘」 전문

혜화성당 첨탑 위에서, 다음날은 공장 굴뚝 위에서, 또
다른 날은 광고 철탑 위에서, 해를 바꿔 송전탑 난간 위에
서, 허공 속 크레인 위에서, 노동자들이 인간다운 삶을 위
해 위태롭게 살고 있다. 좀처럼 내려오지 못하고 있다. 해
가 바뀌어도 내려오지 못하고 있다. 일터로 돌아가지 못하
고 있다. 다행히 농성장이 하나 거둬지면 또 다른 농성장
이 생기고 여기저기에서 고공 농성이 이어지고 있다. 살인
적인 해고가 벌어지고 있다. 노동의 유연성을 주창하며 닥
치는 대로 부당해고가 벌어지고 있다. 이제 8월을 넘어 9
월로 가는 초가을인데 벌써 허공에 떠 있는 몸들을 파고들
바람이 불안하게 느껴진다. 부당해고를 당한 노동자들과
우리는 어떤 대화를 해야 할까? 우리는 어떤 위로를 전해
야 할까? 우리는 무슨 노래를 부르자고 해야 할까? 우리
는 어떻게 목청을 높이자고 해야 할까?

우리는 한 곡의 노래로 당장 승리할 수 없음을 안다. 그

러나 멈출 수 없다. 우리는 승리하는 그 날까지 불러야 한다. '살아 싸워 이기리라'를 불러야 한다. 노동해방 그날까지 멈춤 없이 불러야한다. '희망의 노래'를 끝까지 불러야한다.

동
시
는
그
냥 동
시

어느 시인 동시집 출판기념식 때였습니다. 문단 회원끼리 논쟁이 붙었답니다. 아, 전문적 다툼이 아니었습니다. 그렇다고 학술적 논의도 아니었습니다. 출판기념 행사를 마치고 함께한 뒤풀이 자리였습니다. 한마디로 가볍게 나눈 이야기였습니다. 나도 그렇고 다른 회원도 얼떨결에 그 틈에 끼어들었습니다. 한 회원이 아동이 쓴 시는 아동시, 어른이 쓴 시가 동시라고 말했습니다. 그 말을 들은 다른 회원은 어른이 쓴 동시는 그냥 시이고 아이들이 쓴 시가 동시라고 말했습니다. 나도 질세라 한마디 뱉었습니다. 아이가 쓰든 어른이 쓰든 동시는 그냥 다 시입니다. 내 말에 이어서 여러 회원이 동참한 논쟁은 멈출 줄 몰랐습니다. 빠르게 비워진 술잔만큼 목소리들이 더 커졌습니다. 점점 더 논쟁이 심각해질 때였습니다. 도저히 보다 못했는지 다른 자리에 계시던 문단 선배가 우리 쪽으로 한 말씀 던지셨습니다.

"이 친구들아, 시든 동시이든 정답이 어딨어?"

"동시에 잘났다고 동시에 목소리를 높이니까."

"동시고 뭐고 동시다발로 시끄럽잖아!"

대선배의 동시에 대한 일갈에 우리는 언제 으르렁거렸나 싶게 동시에 입을 다물고 동시에 웃음보를 터뜨리고 말았습니다. 동료 시인이 시집에 이어 동시집을 내면서 동시에 대한 논쟁이 벌어진 출판기념회 뒤풀이를 마치고 집으로 돌아와 모처럼 동시집 한 권을 펼쳤습니다. 그런데 동시에 대한 논쟁과 동시에 한바탕 웃음이 번진 소리가 자꾸 달팽이관에서 맴돌았습니다.

귓속에서 소리가 난다

머리를 움직일 때마다

저벅저벅 발자국 소리가 난다

누가 내 귓속 동굴을 탐사하나 보다

보물을 숨겨 놓은 곳을 찾고 있을까?

시끄러워 잠이 오지 않는다

그러다가 발자국 소리가 멈췄다

찾았을까?

오늘 민지에게 들은 말

하루 종일 귓속에서 빛나던 말

"우리 사귈래?"

— 이장근 시인 동시, 「귓속 동굴 탐사」 전문

모든 소리에는 형체가 있습니다. 발소리는 발이 있습니다. 목소리는 목이 있습니다. 숨소리는 심장이 있습니다.

침묵조차 고요한 공기가 있습니다. 시간과 공간도 형체가 있습니다. 그렇습니다. 소리를 가지고 있던 모든 것은 사실상 몸이 있습니다. 몸에는 만져지지 않는 감각이 있습니다. 보이지 않는 감각이 있습니다. 느낄 수 있는 감각이 있습니다. 이 모든 감각이 감정의 원천입니다. 그래서 감각은 곧 감정입니다. 감정과 감정이 서로 만나는 순간, 감각과 감각이 만나는 것과 같습니다. 그러니까 감각으로부터 감정이 벅차오르는 결과가 감동입니다. 그래서 감동은 감각으로부터 출발한 뜨거운 떨림입니다. 감동을 만드는 감각적인 몸으로부터 시작된 감동의 결합이 아름다운 사랑입니다. 따라서 실체적 사랑은 혼자서는 불가능한 관계에 가깝습니다. 그런 면에서 '귓속 동굴 탐사'는 감각과 감정 그리고 감동과 사랑의 단계를 설명하기에 딱 좋은 동시입니다. 더불어 딱 그때만 가질 수 있는 아이성이 담긴 이야기입니다. 마치 어린 날로 돌아가듯 어두운 동굴 속을 비추는 한 줄기 빛을 따라가면 나도 만날 것 같은 아름다운 사랑의 이야기입니다. 네, 캄캄한 귓속 동굴 속에 저 바깥 세상에 존재하는 한 줄기 빛을 닮은 보물이 있습니다. 아무에게나 발각되면 곤란한 비밀입니다. 아니, 발각되면 안 될 것 같은 비밀입니다. 그런데요 어찌합니까? 동굴 깊숙이 발소리가 다가옵니다. 보물을 찾으러 옵니다. 비밀로 간직한 내 사랑이 빛을 찾았을까요? 갑자기 캄캄한 동굴 속이 환해지는 것 같습니다. 예쁜 민지 목소리가 울려 퍼지는 것 같습니다. 사랑의 보물 상자가 열린 것 같습니다. 보고 듣고 만질 수 있는 보물, 달콤하고도 맛있는 보물, 마음을 위로해 주는 향긋한 보물, 헤아릴 수 없이 많은 보물은 이 세상에 더 있습니다. 그 보물들이 다시 한번 가슴을 벅차오르게 만들며 사랑의 폭죽이 하늘 가운데 터질 것 같습니다.

어느 감각이든 따질 필요 없이 괜찮았습니다. 온몸의 감동을 일으켜 줄 때 진정한 사랑이 열리는 것이었습니다. 동시를 자세히 보면 분명히 보입니다. 소리는 캄캄한 속에서 더 잘 들립니다. 빛은 더 밝게 빛납니다. 그뿐만이 아닙니다. 우리가 모르던 사실이 더 있습니다. 보이는 촉각도 있습니다. 보이는 미각도 있습니다. 보이는 후각도 있습니다. 눈을 감고 온몸의 감각을 열어 보면 압니다. 누구든지 압니다. 다양하고 엄청난 감각이 다다를 감동을 압니다. 아직 경험하지 못했다면 지금 열어 보십시오. 그 모든 감각 중 하나만 열려도 동굴 속 어둠을 밝히는 완벽한 사랑이 보입니다. 감각은 극소수의 오감뿐만이 아니었습니다. 헤아릴 수 없이 많았습니다. 그래서 수많은 사랑은 무궁무진한 감각으로 느끼고 감정을 타고 도착하는 안식처였습니다. 그런 것이었습니다. 사랑은 동굴 속 보물 같은 것이었습니다. 따지지도 묻지도 말고 사랑이 그냥 사랑이듯 동시도 그냥, 다 아름다운 동시였습니다.

아직은 먼 산꼭대기에 잔설이 남아 있듯 이마에서 새벽 바람이 차갑게 스친다. 그러나 당신 떠나서 유독 마음 시린 겨울이 이제는 갔다. 그 겨울의 끝을 알리듯 어제와 다른 해가 뜨고 오늘이 바로 기다리던 입춘이다. 막바지 아침 찬바람도 늦었다. 어쩔 수 없다. 봄이 다시 열렸다. 외로움에 치를 떨며 잔뜩 움츠린 몸을 펴고 눅눅해진 마음의 창 쪽으로 따스한 시 한 편을 모처럼 펼친다. 먼 산꼭대기 잔설처럼 흰 머리칼이 성성한 시인이 커다란 감나무 한그루를 본다. 언 기운이 풀린 듯 그러나 아직 덜 풀린 서늘한 바람이 가지를 흔든다. 시푸른 나뭇잎들이 흔들린다. 산등성이 너머 구름이 몰려온다. 시간이 시인을 끌고 먼 기억 속으로 간다. 똥지게를 진 젊은 아버지의 머리칼이 휘날린다. 헤어짐은 헤어짐이 아니다. 죽음은 죽음이 아니다. 어린 시인이 얼른 아버지의 손을 잡는다. 기억 속에서 아버지를 모시고 미끄러져 나온다. 시인은 아버지와 감나무를 물끄러미 본다. 시인은 독백하듯 아버지에게 나지막이 말한다. 아버지, 똥지게를 진 어깨는 괜찮으세요? 봄이 다시

왔어요. 그때 그 감꽃은 지금의 꽃봉오리를 똑 닮았네요. 아버지의 생전과 사후가 봄날 피고 지는 저 감꽃이었네요. 그래요. 아버지는 언제나 어둠을 밝힌 홍시이셨네요. 까마 득한 허공에 등불을 켜는 마술사이셨네요. 감나무 한그루 가 아버지였다가 나였다가 구름이었다가 바람이었다가 오 늘이고 내일이고 숱한 세월이었네요. 이 혼돈의 즐거움이 끊을 수 없는 하나의 생명이었네요. 오늘 이렇게 맞잡은 손처럼 신비한 아버지의 마술이었네요.

어느 봄날이었어요

똥지게를 지고 온 아버지가 고욤나무에 마술을
걸었어요 감나무가 된 고욤나무 마술이
풀리기 전 아버지는
감나무 속으로 뚜벅뚜벅 걸어 들어가셨지요

봄이 가고 계절이 바뀌어도 돌아오지 않던 아버지
다음해 봄날 어린 감잎 속에서 똥지게를 지고
자박자박 걸어 나오셨지요

가을이면 감나무에 환한 등불 밝혀 놓고 계시다
감잎이 지면 다시 감나무 속으로 들어가셨지요

아버지 다시 봄이 오고 있어요 이제 아버지의
마술에서 풀려나 한 그루 감나무가 되고 싶어요

봄이면 하얀 감꽃을 피우고 가을이면 푸른 하늘에
붉게 물든 시 한 줄 매달아 놓고 싶어요 아버지!

—이권 시인 시, 「아버지의 마술」 전문

　고염나무 씨앗에서 자란 고염나무 묘목이 있다. 그 묘목
을 비스듬히 자른다. 감나무에서 가지 하나를 잘라 비스듬
히 자른다. 가지와 가지를 맞댄 후 비닐로 칭칭 감싼다. 고
염나무 뿌리를 통해 감나무는 무럭무럭 자란다. 그러나 나
무는 저절로 감나무가 되는 것이 아니다. 아버지는 똥지게
를 졌다. 감나무에 거름을 주고 보살폈다. 아버지의 정성
은 극진했다. 그 모든 과정을 빠짐없이 본 아이가 있다. 가
지를 칭칭 동여맨 모습이 얼마나 신기했을까? 그 가지들
이 한 몸으로 태어나 감나무가 되어가는 모습이 얼마나 신
기했을까? 마술이라고 생각하기에 충분하지 않은가. 시인
은 감나무 앞에서 어린 날을 되짚어 확신한다. 아버지가
똥지게를 지고 걸어 들어간 감나무가 아버지이다. 감나무
에서 돋는 꽃봉오리가 아버지이다. 감나무와 아버지는 분
리되지 않는다. 시인도 감나무와 한 몸이다. 이 시점에서
시인은 죽음이 이별이 아니라는 메시지를 전한다. 다른 생
명으로 순환한다는 사실을 주목한다. 고염나무 뿌리에서
물관을 타고 오르는 뜨거운 소리를 들어보라. 그것이 바로
홍시 한 알이 등불로 켜지는 에너지이다. 그 등불 하나를
켜고자 하는 시인의 마지막 문장이 아버지와 동일시되는
순간이다. 아버지의 죽음은 흙으로 돌아가고 흙은 다시 감

나무 한 그루로 우뚝 섰다. 그것이 끊어지지 않는 생명 순환의 증거이다. 그래서 시인은 말한다. 봄이면 감나무에서 아버지가 똥지게를 지고 걸어 나온다. 세상에서 가장 더럽다는 똥을 지고 들어간 그 감나무에서 다시 걸어 나오는 것이다.

"이 땅에 다시 하나님이 오신다면 똥지게부터 질 것이다"라는 권정생 선생의 글처럼 아버지는 생명과 생명을 이어준 숭고한 농부였다. 단 한 번도 변절한 적이 없는 위대한 성자였다. 평생 똥지게와 한 몸이었던 하나님인 것이다. 아버지는 감나무를 먹여 살렸다. 감나무는 달빛에 빛나는 홍시로 보답했다. 모든 생명은 밤과 낮처럼 다른 모습으로 하나의 몸이다. 감꽃이 지듯 계절은 순환한다. 생명도 순환한다. 아버지의 마술처럼 되살아난다. 그러나 모든 생명은 동일한 조건의 윤회가 아니다. 같은 생명이 태어나도 언제나 다른 생명으로 복제되는 윤회이다. 그래서 언제나 다른 달콤한 홍시 맛처럼 봄바람은 언제나 새롭게 분다. 햇볕 아래 죽음이라는 어둠도 다시 온다. 여여하는 밤과 낮이 엄연히 존재하기 때문이다. 어둠이라고 해서 꼭 부정적이지 않다. 한 세계가 닫히면 한 세계가 열린다. 때로는 악조건을 긍정할 필요가 있다. 눈에 보이게 형성된 일체유위법一切有爲法은 나고 멸하는 윤회를 가진다. 그러므로 여여하듯 욕심과 욕망을 내려놓는 것이 삶의 근원이 되어야 한다. 생명 순환을 몸으로 받아들이고 스스로 깨우쳐 알아야 한다. 등불 하나를 켠 감나무가 스스로 아버지

가 되고 아버지가 또 시인이 되고 여여하듯 시인이 감나무
가 되는 것처럼 말이다.

매시간 현존재를 사는 우리의 긴 여정

　살다 보면 누구나 불안증에 한 번씩은 빠지게 된다. 나에게 더 특별한 불안증은 없다. 나이와 상관없다. 맞닥뜨린 환경적 상황이나 주제별로 구분해 보아도 크게 다르지 않다. 원래 사람 사는 일이란 게 비슷비슷하다. 가족과의 문제, 연인과의 문제, 사회생활 중에 겪는 문제, 그 외도 많은 문제가 불안증을 유발하고 있겠으나 우리가 완벽하지 않은 현실로부터 빚어지는 것이 불안증의 원인이다. 몸과 마음이 한참 덜 자란 초등학교 그 어릴 때도 학교에 가기 싫었다. 공부하기 싫었다. 놀고 싶었다. 그러나 아침마다 학교에 가야 했다. 예습을 못 한 공부 시간에 선생님과 마주하기 불안했던 것처럼 집안일을 하지 않으면 불안했다. 사춘기를 생각해 봐도 그리 다르지 않았다. 아무 이유도 없이 날카로워지고 늘 불안하고 불안한 시간이었다. 매순간 시간이 지나도 다 해결될 문제 같지 않았다. 피가 끓는 내 청춘의 연애도 마찬가지였다. 다만 결혼하고 꼭 결혼이 아니더라도 적절히 나이를 먹으니 많은 부분 해결된 것 같았다. 그러나 어른이 되고 지천명이 되었다고 불안증이 말끔히 사라졌을까? 아니다. 어릴 때와 다른 형식의 불안증이 스트레스로 돌아온다. 요즘 뭐하나 똑 떨어지는 답을 만나기 어렵다. 외려 불안증에 불안증을 얹어주고 있다. 당대만 그러한가? 아니다. 이 불안증은 시대를 달리하여 이어져 온 인류의 역사다. 왜일까? 이 세상사 왜 이리도 복잡할까? 세상과 담을 쌓고 살 수 없고 내 삶을 들여다보며 사는 것이 지극히 당연해서 그럴까? 나는 오래된 궁금증이 불안증으로 치환된다 싶은 날, 잠시 마음에 여유를 준비하고 불안증의 실체를 느껴 보고 싶을 때 이 시를 다시 한 번 읽곤 한다. 이 시를 만난 그날 나는 이렇게 생각했다. 인생은 누구나 예술이 맞다. 로댕의 작품처럼 우리는 생각하는 사람이 맞다. 턱을 괸 자세로 사는 것이 맞다. 정신분석을 온몸으로 해석하며 사는 것이 맞다. 삶에 대한 자신의 태도를 거울에 비춰 보는 것이 맞다. 거기로부터 내 불안증에서 잠시나마 헤어 나올 수 있을지도 모르기 때문이다.

1

청춘을 담보로 감정을 함부로 휘두르던 시절은 갔다
감정은 온갖 병에 휩싸였고
허울은 지친 영혼을 꿰뚫었다
생밤 같던 시간
그 시간을 구부려 감히 생의 주름을 펴려 하다니
낙엽에 마음 흔들릴 때는 지났다며
눈가에 맺힌 물기를 지우라고 한다

잎새가 가을을 채워주리라는 여름날의 약속도 잊으라고
한다
휘어진 길 등성이에서나마 짧은 식사라도 챙기며
스스로를 밝히라고 한다
다가올 이별과 악수하라고 한다
입덧 같은 길을 달려가 매달려도
노래는 더욱 쓰디쓸 것이며
직선은 결국 곡선이 될 거라 한다
그러니 이제
곡선으로 한 눈 팔겠다
곡선으로 옆길로 새겠다
상냥함을 하나씩 하나씩 팔아야겠다
다정함을 하나씩 하나씩 흩트려야겠다
언제나 싸움은 나의 싸움이었고
눈물 없이
이제 그만 소년을 놓는다
나가지 않겠다고 뻗대고 있는 소년을 버려야겠다
마구마구 내다버려야겠다

2
겨울잎새처럼 바스러질 듯 마른 빛깔로 너에게 간다
소태 씹은 눈빛으로 나무껍질 되어 네 앞에 나타난다
너의 촉촉함으로 나의 건조함을 태우려
오천 년쯤 됨직한 달빛을 뭉쳐 너에게 간다
나의 여윔이 달의 소행쯤으로 치부될 수 있도록
내 신음을 매만져다오

조붓하면서 드넓은 너의 안에서 맘껏 버무려지도록

내 뾰족함을 다듬어다오

언어의 뼈를 곱게 빻아

서로에게 젖으려 날개를 우아하게 펼쳐 보이지만

결국 밀어 넣는 것은 날개로 할퀸 자국뿐

표정을 꿰매고 또 꿰매 낯설음을 어울림으로 바꾸는 것

흔들면 흔들리고

잡으면 잡혀주마

굳건하던 동공이 잠시 움찔해도 손을 놓지 않는 것

그늘에 버려진 절정을 카타르시스로 되살리는 일

볕을 보태 그늘을 떠받치는 일

모두 전율이다

3

서성이고 싶지도 맴돌고 싶지도 않았다

다만 그날그날 달라붙는 고단함 속에서도

미처 가보지 못한 방향으로 자꾸 시선이 갔다

겨울이 닥치기 전

잎 지는 짧은 가을볕이라도 쬘까 싶어

그 방향으로 탈주를 감행했다

가슴 두근거린 것도 잠시

결국 붙잡혀 되돌아왔다

평온을 흠집 내는 건 예견됐던 일

내가 온전히 나였기를 바란 게 무슨 큰 잘못인양

그렇게 내 끝물의 시작은

그 누구에게도 응원 받지 못한 채 미완의 기척만 낳고 장

렬히 죽어갔다
　그나마 한 가지 다행인 건
　우리는 서로에게 돌팔매질하듯 말을 아무렇게나 집어던
지지 않았다

　4
　내가 잊었었다
　겨우겨우 안고 있던 돌덩이를 내려놓지 말았어야 했다
　찬바람이 흘러내리게 틈을 유지해야 했다
　아무리 밤하늘에 별들이 출렁거려도
　눈 뜨지 말고
　멈추지 말고
　절뚝거려야 했다
　내가 순간 풀어졌었다
　사랑이 허기를 달래주리라
　내가 짧았다
　난 병실이었고 넌 환자였다
　퇴원환자는 병실을 궁금해 하지 않는다
　그렇게 잊혀지겠지
　아니 간직되겠지
　난 사랑 같은 건 믿지 않아
　단지 연애를 믿을 뿐
　어쩌면
　잊혀지는 것도
　간직하는 것도 내겐 어울리지 않네

5

악이 평범하다면 선은 특별하다는 것
세상이 얼룩진 건 특별함이 부족해서인가
평범함이 넘쳐서인가
빨래 마르는 소리조차 비명으로 파고드는 완벽
화려함에 갇힌 허름함
마지막 언덕바지려니 했던 우듬지에
앓고 또 앓던 가슴앓이가
도드라진 능선으로 펼쳐지는 게
우리 사는 모습 아니겠냐고
순간순간이 절실함이었다고
난폭한 시간 앞에 어떻게 절실하지 않겠냐고
절실함은 있음과 없음이 한 몸 임을 분명히 한다

6

너의 파도에 나의 뱃전이 흔들린다

　　　　　　　　− 김명남 시인 시, '완벽해진다는 것' 전문

　아이 혹은 청년과 중년을 지나 노년. 봄 혹은 여름과 가을을 지나 겨울. 이별 혹은 만남과 시퍼런 패기가 퇴색된 허울의 끝. 해와 달 혹은 볕이 마른 그늘까지 저마다 이필 수 없이 변하거나 변해버린 시간이 있다. 세상사 예외 없다. 직선과 곡선 혹은 화려함과 어리숙함. 병실과 환자 혹은 선과 악으로 대조된 평범함과 특별함도 흘러버린 혹은 흘러갈 시간의 속성을 가지고 있다. 그러한 시간의 실존주의를 바탕으로 태동한 존재론들을 살펴보자. 시대는 물론 철학자마다 관점들이 그야말로 다르고 다양하다. 그러나 공통점은 있다. 어떤 세계이든 시간을 떼어놓지 못한다. 그리하여 시간은 변화와 동의어이고 시간은 매 순간 삶의 결과를 만든다. 그 결과의 호불호는 각자 사용해야 할 시간이 결정하게 된다. 죽음 이전의 결과를 넘어 죽음과 함께 무의미한 소멸도 있고 죽어도 죽지 않는 영생도 있다. 그런 맥락에서 시인이 불러온 화자가 살아낸 과거와 현재 모습을 보면 우리와 비슷하다. 청춘의 카오스에서 중년의 코스모스로 다가가는 느낌이다. 그러나 이 시에서 거론하지 않은 명백한 사실 하나가 남아 있다. 그것은 바로 우리 모두 죽음을 맞이해야 한다는 불행이다. 굳이 멀리 볼 것도 없이 인간의 불행은 내일을 알 수 없는 오늘의 불안이다. 그러한 관점에서 이 시는 우리에게 제목부터 무겁게 다가온다. 본문에서도 마찬가지이다. 불안한 진술이 소실점을 바꿔가며 이어진다. 높낮이도 그러하고 종횡의 폭도 넓다. 호흡도 빠르다. 쫓아가기 힘든 스텝이다. 어디쯤에서 땀방울을 닦고 눈을 맞출 것인가. 어디쯤에서 위로하고 위로받을 악수를 할 것인가. 이분법 같은 문장들은 입안을 바싹 마르게 한다. 그러나 후반부로 접어들며 회오리치던 카오스가 잔잔해진다. 인간은 본질적으로 불안한 존재가 맞다. 그 사실을 화자는 부정하지 않는다. 불안을 인정한다고 해서 걸음을 멈추는 것이 아니다. 삶을 긍정하지 않는 것이 아니다. 우리는 현존재로 굳건히 존재한다는 메시지를 전한다. 태초에 완벽은 존재하지 않는다. 과거와 현재 그리고 미래를 고스란히 떠안고 우리는 매 순간 숨을 쉰다. 그날그날 달라붙는 고단함 속에서도 우리는 눈부신 아침을 맞이한다. 뾰족한 시간의 바늘이 뭉텅해지도록 우리는 또 하루를 살아낸다. 그것이 겉으로 드러난 형상적 완벽을 넘어선 사유적 삶이다. 화자가 사랑보다도 연애를 믿듯 시간을 사는 현재적 존재가 우리의 온전한 삶이다. 완벽해진다는 것은 언제나 그 자리에서 온전한 자기를 사는 것이다. 현존재로서 화자가 기꺼이 살아온 시간처럼 누구나 예외 없이 돌덩이 하나씩 끌어안고 오늘을 산다. 그 돌덩이는 결코 고통의 상징이 아니다. 내려놓아야 할 불행의 무게가 아니다. 지금을 버리지 않는 긍정적 삶 그 자체다. 매시간이 나로 굳건히 존재하는 독보적인 세계인 것이다. 시간은 변하기 마련이고 스스로 살아 있는 각자의 세계는 위대하다. 그래서 시인은 화자의 입을 빌려 이렇게 말한다. 망망한 바다 위에 삶의 길을 만들며 "너의 파도에 나의 뱃전이 흔들린다"라고.

중심을 향한 또 하나의 숭고한 중심

시인은 불교적 상상력을 통해 중심에 대한 본질적인 질문을 던진다. 별똥별이 중심을 향한다는 시적 내용을 토대로 이 시의 제목이 '중심의 바깥에서'이지만, 이 시의 또 다른 중심은 아무도 호명하지 않는 변방의 작은 별똥별의 존재이다. 우주를 떠돌던 별똥별이 스스로 사랑의 중심이 되어 승화하는 별똥별의 행로를 따라 걷다 보면 우리는 우리의 삶을 되짚어 반성하게 된다. 사랑을 어떻게 크고 작다 할까? 사랑은 무게를 따질 수 없다. 사랑은 저마다 숭고한 중심이고 저마다 아름다운 희생이다. 타자를 향해 빛나는 시를 보라. 별똥별이 중심을 향해 몸을 던진다. 그러나 별똥별은 중심에 이르지 못한다. 찰나의 빛으로 사라진다. 이즘에서 가슴께에 통증이 밀려온다. 시적 감응이 고조 된다. 그러나 거기가 끝이 아니다. 별똥별은 끝내 불멸의 중심이 된다. 우리는 이와 같은 소신공양을 너무도 많이 목격했다. 1963년이었다. 베트남에서 '틱광득 스님'이 대로 위에서 몸을 불살랐다. '후예시 대량학살' 가족에게 배상금을 지급할 것을 요구하며 몸을 불살랐다. 1970년 11월

13일 우리나라 평화시장에서도 피복노동자 '전태일'이 몸을 불살랐다. 그는 "근로기준법을 준수하라." "우리는 기계가 아니다." "일요일은 쉬게 하라." 등의 구호를 외치며 쓰러졌다. 1998년 6월에도 태고종 승정 '충담 원상대종사'가 경기도 청평 감로사에서 '열반송'을 남기고 소신공양했다. 그 외에도 무수히 많은 소신공양을 우리는 목격했다. 신음하는 자연을 위해 나아가서 고통에 허덕이는 이들을 위한 소신공양을 목격했다. 우리는 그들을 어떻게 주변을 떠돌던 부랑아라고 치부할 수 있겠는가? 그들은 세상의 중심을 향해 타오른 숭고한 사랑의 중심이다. 스스로 빛나는 소신공양의 별똥별이다. 그 어떤 중심보다 큰 빛이다. 죽어도 죽지 않을 영원한 빛이다.

중심中心의 바깥에서 나는 살았다

주변으로 맴도는 별이었다

궤도로 진입하지 못한 떠돌이별

나는 우주의 부랑아였다

누구도 선뜻 불러주지 않았던 이름

홀로 때를 기다렸다

마침내 그대에게서 전갈이 오고

서둘러 떠난 귀로歸路

전신全身이 불살라지는 극한極限을 맛보았다

나를 태워 바치는 공양供養

타는 고통으로도 행복했다

누군가는

내 타오르는 전신全身을 아름답게 바라볼 것이고

내 죽음이 결코 처참하다 말하지 않을 것이기에

누군가의 뇌리 속에 아름답게 기억되는 순간은

진정 생애 최고의 기쁨이지 않겠는가

중심으로 다가가기 위한 고난이라면

그대 마음 깊숙이 나를 묻기 위해서라면

얼마든지 견뎌야 하지 않겠는가

머언 세월을 떠돌다가

반짝 타오르는 마지막 순간에야 비로소

나를 바칠 수 있으므로 행복하다고

그대의 마음 가운데로 가는 방법이

내가 죽어 차디차게 식어가는 길이라면

기꺼이 그리하리라고

단 한 번

고백과 맞바꾼

찰나의 빛

소신공양燒身供養하는 별

– 김림 시인 시, 「중심中心의 바깥에서」 전문

    법화경에 따르면, 향유를 끼얹고 몸을 스스로 태워 공양을 올려 불은佛恩에 보답하면 그 광명이 80억 항하사 세계를 비춘다고 소신공양을 설명한다. 이렇듯 소신공양은 명백히 불교에서 탄생한 용어이다. 그러나 이 시는 법화경의 설명문이 아니다. 시인이 시에서 말하려는 본질을 읽어야 한다. 어린 시절이었다. 내가 자란 강원도 작은 마을 밤하늘에는 별들이 빼곡했다. 친구들과 나는 별똥별을 자주 보았다. 밤하늘에 사선을 그으며 별똥별은 빠른 속도로 산 너머로 사라졌다. 그 순간이었다. 우리는 소원을 빌었고 그 소원이 이루어진다고 믿었다. 지천명을 넘긴 지금도 그 믿음이 여전히 유효하다. 그러나 믿음에 대한 내용을 돌이켜본다. 소원이 일방적으로 나를 위한 욕망이 아니었어야 한다. 타자를 위한 소원이 조금은 따랐어야 한다. '중심의 바깥에서' 이 시를 읽고 나는 확연해진다. 내 몸이 사랑의 중심을 향해 소신공양할 때 비로소 내가 중심이 된다. 당신을 향해 온몸을 던져야 영원한 사랑의 중심이 된다. 그러나 나는 간과했다. 나를 향한 무수한 소신공양에 대한 고마움을 간과했다. 그래, 이 시에서 말하는 호명은 별똥별을 부르는 나의 신음이었다. 내가 부른 숭고한 사랑의 중심이었다. 나를 위해 투신하는 소신공양의 이름이었다. 나아가서 세상을 밝히는 숭고한 희생의 중심이었다. 나는 다시 내 삶의 고통을 위해 꺼져가는 무수한 별똥별을 생각한다. 그 뜨거운 소신공양을 생각한다. 아름다운 사랑의 중심을 생각한다. 내게 닿지 않은 그러나 존재했던 무수한 별똥별을 생각한다. 언제나 중심으로 여겼던 내 몸이 도저히 알 수 없었던 영원한 중심을 생각한다. 재삼 돌이켜 다짐한다. 감미로운 것만이 사랑이라는 믿음은 착각이었다. 온몸을 던져야 비로소 사랑의 중심에 가닿을 수 있겠다. 나를 위한 숭고한 사랑의 중심처럼 당신의 중심으로 내 몸을 던져야 할 때이다.